G000150423

BONHEURS D'ENFANCE

Paru dans Le Livre de Poche :

CHRISTIAN SIGNOL

Bonheurs d'enfance

ALBIN MICHEL

À Richard,
qui sait que l'on n'en guérit pas.

« Écrire, c'est mettre à jour les sensations acquises au cours de l'enfance. »

J.-M.G. LE CLÉZIO.

« J'écris pour dépasser la crue noire du temps. »

René Guy CADOU.

INTRODUCTION

Comme le disait Saint-Exupéry, je suis « du pays de mon enfance ». Autrement dit, d'un petit village du Quercy, baptisé prosaïquement « Les Quatre-Routes », et qui fut créé à la fin du siècle dernier à proximité de la gare de chemin de fer nouvellement édifiée sur les terres de l'ancienne paroisse de Beyssac, dont l'église fut construite par les Templiers.

Une certaine « modernité » y côtoie donc le passé le plus noble, celui que je préfère, évidemment, puisqu'il conserve précieusement les vertus de l'âme rurale, celle que je connais intimement. Aussi ne s'étonnera-t-on pas de m'entendre appeler mon village Beyssac, par respect de son identité véritable, et non « Les Quatre-Routes » qui évoque trop douloureusement pour moi le début d'une révolution industrielle dont les effets pervers, accumulés pendant un siècle, achèvent aujourd'hui de vider de leur sang nos villages, y compris celui-là.

Blotti au pied des causses de Martel et de Gramat, il est situé à six kilomètres de la rivière Dordogne qui creuse sa merveilleuse vallée entre leurs falaises à vif. Deux univers, en fait : celui de la pierre et celui de l'eau. Celui de la lumière, aussi, de la verdure et de la beauté primitive du monde des origines, un monde qui aurait pu se passer des hommes. Deux univers romanesques également, puisque mes livres émanent d'eux, et, je l'espère, leur ressemblent. Là, inoubliable et sacrée, veille une enfance éblouissante, dont j'ai eu la chance de ne pas trop m'éloigner, entretenant le feu qu'un temps et un espace magiques ont allumé au fond de moi. Certes, le foyer en brûle plus ou moins bien selon les jours, mais je ne m'y réchauffe jamais sans l'impression d'un bonheur immédiat, tangible, un peu suffocant, tant il est vrai que le temps exaspère la douceur violente des souvenirs.

Car j'ai toujours eu la claire conscience du temps qui passe, de ce qui ne reviendra jamais, et je crois avoir consacré une partie de ma vie à tenter de retenir le fil fragile des sensations, des émotions, que le temps efface comme la mer recouvre le sable. Pourquoi ? Je ne le sais pas exactement, mais je relis souvent ces lignes de Proust qui me paraissent justifier ce que j'ai longtemps cru seulement infertile et douloureux : « Mais qu'un bruit, qu'une odeur déjà entendu ou déjà respirée, le soient de nouveau, aussitôt notre vrai moi, qui, depuis longtemps, semblait mort, s'éveille en recevant la céleste nourriture qui lui est apportée. Une minute affranchie de l'ordre du temps a recréé pour nous l'homme affranchi de l'ordre du temps. Et celui-là, on comprend que le mot de mort n'ait pas de sens pour lui ; situé hors du temps, que pourrait-il craindre de l'avenir ? »

Voilà, peut-être, comment un homme de nostalgie peut devenir un homme d'espérance. Alors est-elle vraiment infertile, la quête du passé, des sensations, des images, des parfums enfuis ? Si je n'allais satisfaire, dans ce petit village si paisible des années d'après-guerre, que ce besoin d'éternité qui obsède les hommes, que mon désir de ne rien perdre des instants et des heures qui furent du bonheur ? Qu'importent, au fond, les vraies raisons, car lors de chaque pèlerinage un nouveau bonheur est au bout du chemin : c'est celui que je vous propose de partager ici avec moi. Car ce village, cette vie protégée des années cinquante, je l'ai souvent dit, je le sais, j'en suis sûr, c'était un avant-goût de paradis.

J'y vivais follement heureux, et cependant je l'ignorais. Je l'ai appris brusquement à onze ans, ce jour d'octobre où je suis entré pensionnaire dans un lycée d'une ville trop grande pour moi. Ce fut une déchirure. Une blessure profonde qui ne s'est jamais totalement refermée, mais dont mes parents, bien sûr, ne sont en aucun cas coupables. Ils avaient confusément deviné que la vie glissait vers les villes, que le monde rural était condamné, que les études étaient devenues indispensables.

Je suis donc parti, déchiré, malheureux comme je ne l'avais jamais été. Privé de liberté dans les champs et les prés, privé du cocon de la famille et jeté dans une prison enclose dans une grande ville, j'aurais pu sombrer jusqu'à l'anorexie. Je ne comprenais rien à ce monde violent, aux vexations, aux menaces quotidiennes proférées par des surveillants d'une autre époque (c'était bien avant 1968), je guettais les coins de ciel bleu, je comptais les nuages, j'attendais désespérément le samedi, je ne travaillais pas.

Pourtant j'ai franchi l'obstacle. Où ai-je trouvé la force, à onze ans, de survivre à ce terrible exil? Peut-être dans l'idée d'une île préservée du mal, à vingt kilomètres de là, et dans la souffrance de ceux qui m'aimaient assez fort pour m'éloigner d'eux alors qu'ils avaient tant besoin de moi, parce qu'il y allait de mon « avenir ».

Un ami psychiatre, à qui je parlais de cette époque de ma vie et de la gravité de la blessure, m'a répondu que c'était sans doute grâce à elle que j'étais devenu romancier. C'est possible. C'est même probable. Banni du royaume de l'enfance, j'ai utilisé le moyen de l'écriture pour me l'approprier définitivement. Pour qu'on ne me le prenne plus jamais. C'est ainsi que je vois les choses. Et si plus de trente ans ont passé depuis la terrible année 1958, je ne me souviens jamais de cette époque sans ressentir le besoin de vérifier combien ce village, ces gens, ce monde demeurent à jamais vivants au fond de moi.

Les brûlants après-midi de l'été comme les courtes journées de l'hiver coulaient avec la douceur lente de ces années-là, c'est-à-dire en laissant aux hommes la possibilité de s'attarder pour parler aux voisins ou aux gens de rencontre. « Finissez d'entrer », disaient ceux qui recevaient une visite, même si elle les dérangeait, et ils partageaient volontiers avec l'hôte de passage le verre de l'amitié. Que de rencontres, chez le boulanger, le coiffeur, le cordonnier, le maréchal-ferrant, les patrons de café! Pas moins de douze, les cafés, et pour cinq cents habitants, mais cet état de fait témoignait du goût de la parole plus que de celui de la boisson. Des prés, des champs, des ruisseaux, des animaux, des hommes de bonté et de travail, pour la plupart. Des femmes, surtout, car j'ai grandi entre ma mère et ma grand-mère maternelle. Les hommes demeuraient plus lointains. Ils étaient occupés au-dehors à des travaux auxquels ils sacrifiaient sans hâte, caressant les choses du regard et des mains.

Tant de trésors me reviennent à la mémoire : le lavoir, le travail du maréchal-ferrant, l'étude du soir dans la bonne odeur du poêle à bois, l'arrivée des gitans, du cirque, des rétameurs, l'odeur suffocante de l'alambic sur le chemin de l'école, les foins de juin sous la ronde folle des hirondelles, les moissons, le petit âne des jeudis matin qui transportait les colis de la gare, le garde champêtre et son tambour, la pêche aux écrevisses, la musique des manèges lors de la fête foraine, la neige sur le chemin de l'école, les grandes foires, les cloches et les sabots de Noël, la traite des vaches et la distribution du lait en compagnie de ma grand-mère, les bouillottes de l'hiver, les vendanges, le foirail entouré de grands ormes séculaires; tant de choses encore qui restent intactes dans ma mémoire et le resteront toujours. Car, au-dessus de mon village, le ciel est toujours bleu. Il est sorti du temps. Il vit en moi, comme vivent tous ceux qui l'habitaient alors, à commencer par mon grand-père et ma grand-mère qui furent les premières pierres précieuses d'un monde, d'une époque dont je n'ai pas assez profité, pour n'en avoir vraiment mesuré la richesse et la fragilité que trop tard.

1

J'ai partagé avec mon grand-père et ma grand-mère des moments merveilleux dans leur minuscule maison de trois pièces, qui se trouvait à deux cents mètres de celle de mes parents, au bout d'un chemin qui longeait leur ancienne boulangerie, elle-même située face au travail du maréchal-ferrant. Ainsi, chaque fois que je me rendais chez eux, je sentais d'abord l'odeur de la corne brûlée des chevaux ferrés par le maréchal, puis celle du pain cuit dans le fournil, celle du bois de chêne dans le hangar, celle de la farine dans la remise, enfin l'odeur des vaches et du lait dans la maison de mes grands-parents.

En approchant de la cour, c'est lui que j'apercevais, immanquablement, car sa fière et droite silhouette se remarquait de loin. Il s'appelait Germain. C'était un homme d'acier, jusque dans le bleu de ses yeux. D'une enfance douloureuse, il s'était forgé un caractère terrible et une carapace dont il se débarrassait seulement, parfois, pour ses petits-enfants. Il était capable de colères froides qui le faisaient redouter de tous, de sa famille comme de ses amis. Sa moustache blanche soulignait un nez fin et droit. Il portait une chemise de laine, un pantalon de toile retenu par des grandes bretelles, et une ceinture de flanelle enroulée autour de sa taille. Sur sa tête, une casquette grise qu'il repoussait quelquefois vers l'arrière, quand il était bien fatigué.

Tout le monde le craignait. Pas moi. Je devinais derrière cette forteresse glaciale une immensité de tendresse. Il me semblait que c'était le métal de ses yeux qui la retenait prisonnière, car je n'avais jamais vu ailleurs, dans d'autres yeux, un tel bleu implacable.

Ce que je savais de son enfance, ce n'était pas à lui que je le devais, mais à ma grand-mère. Elle m'avait appris qu'à dix ans il avait été placé dans une ferme où il avait été maltraité. A quatorze ans, il était devenu apprenti boulanger, comme s'il avait deviné qu'apprendre un autre métier le délivrerait de la sujétion naturelle de ceux qui ne possèdent rien. Cet homme unique, écrasé par le travail, trouva la force, à cinquante ans, de récupérer pierre à pierre les ruines d'une maison abandonnée pour construire la sienne. Je raconterai un jour par quel miracle il avait appris à lire et à écrire. Je raconterai d'ailleurs bien d'autres choses à son sujet.

Pourtant, jeune, il était frêle, ce qui lui valut de partir à la guerre à la fin de 1916 alors qu'il aurait dû partir en 15. Gazé, blessé au bras, il avait survécu et s'était marié en 1919 avec ma grand-mère qu'il avait connue dans un village du causse où elle vivait avec sa mère couturière et où il était venu, donc, comme apprenti boulanger. Ils s'étaient alors installés dans le village où je suis né, louant un fonds de boulangerie et la maison qui l'abritait. De cette union étaient nés quatre enfants, dont ma mère en 1921.

A force de travail et de courage, il avait gagné un peu d'argent et avait pu élever ses enfants, sortant l'hiver du fournil brûlant pour monter sur sa charrette avec laquelle il faisait ses tournées, trop mal protégé du froid. Je l'ai connue, cette charrette, j'ai même assisté à son dernier départ, le jour où mon grand-père l'a vendue. Elle avait des grandes roues cerclées de fer, une banquette de bois à l'avant, un frein à manivelle, des ridelles bleues, et des brancards si longs que, dressés vers le ciel, ils me paraissaient caresser les nuages. Quand l'acheteur a fait reculer son cheval, il m'a semblé que mon grand-père tremblait. Puis l'homme a attelé, saisi les guides, est monté sur la charrette, a desserré le frein et dit : « Hue ! » Quand il a disparu au bout du chemin, mon grand-père est parti dans le pré et n'est revenu qu'à la nuit tombée.

En 1947, l'année de ma naissance, il ne put continuer à travailler ainsi. Les gaz de la guerre, la farine de son fournil, deux pneumonies eurent raison de sa résistance. Il toussait tellement, la nuit, assis dans son lit, qu'il ne dormait plus. Et puis, surtout, malgré son bras cassé à la guerre par l'explosion d'un canon, il pétrissait à mains nues, car il refusait d'utiliser un pétrin mécanique.

C'était un vrai travail de force, éreintant, épuisant, que ce pétrissage nocturne — il me l'a raconté si souvent : il fallait d'abord verser dans le pétrin quarante kilos de farine, puis le levain dilué dans quinze litres d'eau tiède, et encore un peu d'eau où il faisait fondre le gros sel. Ensuite mélanger le tout, puis arracher et couper brassée après brassée toute la pâte afin qu'elle devienne vigoureuse et homogène, recommencer jusqu'à ce qu'elle prenne la consistance nécessaire, la couper en pâtons qui lèveraient avant d'être façonnés une dernière fois. Après quoi, il fallait encore enfourner avec une longue latte de noisetier prolongée par une palette arrondie à son extrémité, surveiller le feu et la cuisson, désenfourner, placer le pain dans des panières d'osier avant de l'apporter au magasin dont s'occupait ma grand-mère, ou de charger la fameuse charrette ouverte à tous les vents.

A cinquante ans, donc, au lieu de s'écrouler, cet homme de métal abandonna la boulangerie à son fils et entreprit la construction d'une petite maison (allant même jusqu'à mouler les parpaings quand il n'eut plus de pierres), d'une grange attenante, loua des terres et se mit à élever trois vaches afin de vendre leur lait. On s'imagine les revenus et le train de vie que cela impliquait. Qu'importe! Dans cette époque de sagesse où le superflu n'était pas encore devenu le nécessaire, si l'on savait travailler un jardin, si l'on était habile de ses mains, on pouvait vivre, c'est-à-dire manger, se chauffer, s'habiller, et, parfois, se soigner.

Pour nourrir ses bêtes, mon grand-père était obligé de louer des prés et des champs. C'est avec lui que j'ai découvert les travaux de la terre, leur charme et leur ingratitude. Je n'en garde qu'un souvenir ébloui. Car si le pré sur lequel paissaient les vaches se trouvait derrière la grange, les champs se trouvaient, eux, à Saint-Julien, un lieu-dit situé à un kilomètre du village, sur une

20

colline merveilleusement ombragée où les grosses chaleurs de l'été s'adoucissaient sous d'épaisses frondaisons.

Il y avait là une vigne, un champ de maïs et de betteraves, une maisonnette avec un noisetier qui appartenait au propriétaire, M. B., qui vivait à Paris et ne venait à Saint-Julien qu'aux vacances. Nous y passions de longs après-midi côte à côte, moi courant de-ci de-là, mon grand-père travaillant avec précision et lenteur jusqu'à l'heure du « quatre-heures ». On s'asseyait alors à l'ombre d'une haie, et il ouvrait sa musette, sortait ses victuailles sur l'herbe — je l'ai gardée, cette musette de toile couleur de vieille paille et, chaque fois que je l'ouvre, je retrouve un peu de son odeur à lui, une sorte de mélange de terre et de pain, qui m'emporte irrésistiblement vers ces temps bénis.

Il posait sur l'herbe le pain, le fromage, le saucisson, la bouteille de vin, coupait la tourte avec son couteau, me tendait un morceau, puis une rondelle que je commençais à manger, tandis qu'il se servait lui-même avec les gestes mesurés et heureux de ceux qui ont eu faim un jour. Nous ne parlions guère. J'hésitais à relever la tête, car je savais que je rencontrerais son regard posé sur moi et que j'y lirais tant de choses tellement plus bouleversantes, tellement plus belles que si elles avaient été dites. Car, en ces moments-là, le bleu n'était plus le même : il devenait plus chaud, plus profond, et il m'attirait comme une mer vers laquelle j'aurais voulu me précipiter.

Je le revois, occupé à sa grande toilette des dimanches matin, aiguiser son rasoir sur la pierre, faire mousser sa barbe avec le blaireau, se raser lentement, précautionneusement, et passer sur ses joues une eau de Cologne dont je n'ai jamais retrouvé sur d'autres la fraîcheur. Je sens encore l'odeur de son costume de velours à grosses côtes : odeur de propre, de savon de Marseille, de lessiveuse et de lavoir, de repos bien gagné. Je le revois face à moi, appliqué à manger comme si c'était une fête. Je revois son grand corps osseux qui ne pliait jamais, ses bras fins parcourus de grosses veines bleues, ses mains savantes serrées sur un manche d'outil. Je le revois assis dans son appentis, à l'abri de la pluie, triant ses haricots secs, et, plus tard, près de sa cuisinière de fonte, garnir le fourneau, replacer les cercles brûlants, lire le journal, regarder infiniment ses mains ouvertes devant lui comme pour mesurer le travail accompli.

Je le revois enfin sur sa bicyclette, vieillissant mais toujours au travail, en route vers le jardin, sa musette à l'épaule, très droit, le regard loin porté. Car ce jardin aidait mes grands-parents à subsister. Malgré l'aide de mon père et de ma mère, de leurs autres enfants, mes grands-parents vivaient, en effet, comme je l'ai déjà dit, de bien peu de chose, seulement de quelques billets difficilement gagnés. Lui, j'en suis sûr, n'en souffrait pas. Posséder une maison — fût-elle de trois pièces —, manger et se chauffer suffisaient à son bonheur. Elle, elle aurait voulu gâter ses petits-enfants. Elle devait user de stratagèmes pour soustraire du porte-monnaie les pièces nécessaires à sa générosité. Quand il s'en rendait compte, l'explication devenait vite orageuse. Parfois, alors, quand elle ne trouvait pas d'autre défense, elle lui reprochait d'avoir refusé la pension de blessé de guerre qu'il avait toujours farouchement repoussée, jetant rageusement les lettres dans le foyer.

Longtemps, hélas, cette pension refusée fut sujet de discorde entre elle et lui. L'argent manquait et elle aimait tant faire plaisir à ses petits-enfants. C'est après la mort de ma grand-mère que, seul avec lui, j'ai osé lui poser la question : pourquoi avoir refusé ce qui était un droit et les aurait aidés à vivre mieux ? Ce soir-là, foudroyé, je me suis senti misérable quand il m'a répondu d'une voix qui a claqué comme une lanière de fouet :

— On ne se fait pas payer pour avoir eu honte d'être un homme.

Tel était cet homme magnifique qui parlait si bien avec les yeux.

2

Si mon grand-père était le feu, ma grand-mère, Germaine, était l'eau, mais une eau claire, parfumée, bienfaisante : une rosée de printemps. Autant il était grand et sec, autant elle était petite et ronde, avec des yeux couleur de châtaigne et, dans le regard, la lumière douce et tiède de la grande bonté.

Pendant la guerre, en effet, il lui est arrivé de distribuer des tickets de pain à ceux qui ne mangeaient pas à leur faim, ce qui lui valut des problèmes auprès des autorités chargées du contrôle. Je me souviens notamment d'une réfugiée espagnole qui, jusqu'à sa mort, est venue presque chaque jour s'incliner sur la tombe de ma grand-mère, et que je rencontrais, parfois, sans que nous osions parler. La reconnaissance que je lisais dans les yeux de cette femme m'a toujours fait battre le cœur plus vite. C'était comme une alliance au-delà des frontières, au-delà de la guerre, et au-delà du temps.

J'ai vécu auprès de ma grand-mère davantage encore qu'auprès de mon grand-père. Je l'ai aidée à traire les vaches, la tête appuyée contre le flanc tiède et paisible des bêtes. Je revois cette étable avec les stalles et les poutres fleuries de toiles d'araignées, je sens encore l'odeur des litières chaudes qu'il fallait changer chaque jour, et, pour faire descendre le foin, je me revois grimper à l'échelle de meunier qui montait au fenil où je m'endormais, parfois, durant les torrides après-midi de l'été.

C'est cette étable, ces vaches, ce fenil qui se trouvent dans quelques-uns de mes romans. C'est aussi la même claire musique du lait giclant des trayons dans la cantine, le même mouvement des pattes et de la queue des vaches pour chasser les mouches, la même pénombre chaude, vivante, heureuse, la porte soigneusement refermée, loin du monde extérieur.

Ma grand-mère livrait le lait dans le village avec sa cantine, du moins à ceux qui ne pouvaient pas se déplacer. Les autres portaient leur récipient sur la petite table installée devant la maison, au bout du chemin, et revenaient le chercher après la traite. Aujourd'hui, c'est l'une des images qui me restent d'elle : je la vois sur la route, sa cantine à la main, la tête légèrement penchée sur le côté, trottinant vers les maisons et cognant aux volets.

L'autre image est celle d'une femme souriante qui me donne à goûter chaque jour à quatre heures. Du pain, du fromage, une frotte à l'ail, un verre de vin sucré en été, des marrons grillés en automne, en hiver des cajasses de maïs dont je n'ai jamais retrouvé l'incomparable saveur, une pomme cuite, des nèfles, une pomme de mille-graines, du chocolat, des noisettes, de la confiture de prunes, de la gelée de coing, que sais-je encore?

Elle avait aussi une formidable passion pour le café, en buvait plus que de raison. C'était son luxe. Je me souviens de la cafetière sur la toile cirée, du moulin mécanique dont nous nous disputions l'usage, mon frère et moi, du craquement des grains écrasés, de l'odeur qui s'échappait à la fin, quand on tirait le couvercle vers l'arrière. Si je ferme les yeux, malgré le temps passé, je sens dans ma paume la boule noire de la poignée, la résistance des grains avant qu'ils n'éclatent, j'entends ce bruit incomparable d'une paix familière que le ronronnement de la cuisinière accompagnait joyeusement.

Cette cuisinière était le cœur, l'âme de la petite maison. En fonte, bien sûr, avec un pique-feu pour enlever les cercles brûlants et remettre du bois, parfois des épis de maïs dépouillés de leurs grains. Je l'entends encore, de temps en temps, comme il m'arrive d'entendre, la nuit, au fond de mon sommeil, le bruit du lait giclant dans la cantine. Je me dis au réveil, avec un plaisir teinté d'effarement, que l'un de mes plus précieux trésors est enfoui là-bas, dans cette étable sombre et lumineuse à la fois, près de cette femme qui fredonnait un air de sa jeunesse, et qu'elle veut m'alerter, depuis la maison de nuages où elle chante aujourd'hui, sur la nécessité qu'il y aurait eu alors de pousser une porte, celle qui dissimule peut-être le sens profond et caché de nos vies.

Certes, le souvenir d'autres sons, d'autres parfums, d'autres images me bouleverse parfois, mais je sais bien que, là-bas, j'ai frôlé quelque chose que je retrouverai de l'autre côté du temps.

Ce n'était rien que l'un de ces menus signaux qui balisent nos routes comme les cailloux du Petit Poucet perdu dans la forêt. Mais je suis sûr que l'essentiel, précisément, se cache dans l'infiniment petit, dans la simplicité et dans le dénuement.

C'était l'atmosphère de la maisonnette où je passais alors le plus clair de mon temps : une cuisine, deux chambres très fraîches, un grenier merveilleux, comme tous les greniers, rempli de vieux matelas, de livres à bon marché, de *Veillée des chaumières*, de chaises de paille crevées, de cartons, d'outils, de valises, de jouets cassés, d'un berceau rudimentaire en osier, d'objets mystérieux.

C'était une récompense que d'y monter. Je ne devais pas y aller seul, car il n'y avait pas de rambarde pour protéger la cage d'escalier, comme c'est souvent le cas, dans les greniers. Là, ma grand-mère s'asseyait sur une chaise et me parlait de ses enfants, pour lesquels elle n'avait pas hésité, à plusieurs reprises, après s'être occupée de sa maison, à parcourir quinze kilomètres à pied afin de leur venir en aide. Elle me parlait aussi de Germain, cet homme pour qui elle aurait donné sa vie, mais elle me parlait surtout de son enfance et de ses rêves.

Elle était née dans ce petit village du causse appelé Strenquels, dernière d'une famille de six enfants. Sa mère était couturière, c'est-à-dire qu'elle allait dans les maisons pour effectuer des travaux de couture. Elle ne travaillait chez elle que lorsqu'elle avait du temps libre, surtout le dimanche. Le père de ma grand-mère était cordonnier. La maison qui les abritait existe toujours, en face de l'église, et je m'y rends quelquefois pour guetter des ombres qui se font hélas chaque jour plus légères. Le cordonnier est mort quatre mois avant la naissance de sa dernière fille — Germaine ne l'a donc pas connu — en portant une souche d'arbre trop lourde pour lui, face au cimetière, à un endroit où poussent au printemps des marguerites qu'elle m'a montrées un jour en se demandant s'il avait vu les mêmes en tombant, le pauvre homme, ce printemps-là.

A quoi destinait-on ses filles quand on avait du mal à les élever, à cette époque ? On les plaçait comme servantes, ou lingères, ou cuisinières dans les grandes maisons. Ce fut aussi le cas pour ma grand-mère qui entra au service d'un couple âgé dont l'homme était architecte, et qu'elle servait de l'aube jusqu'à la nuit, puisqu'elle devait monter les border dans le lit chaque soir. Qui peut imaginer aujourd'hui dans quelle dépendance vivaient les enfants — les adolescents — placés au service des plus favorisés, en ce temps-là ? Je n'ose pas parler d'esclavage, ce serait exagéré, mais quelles chaînes ils portaient, des premières heures du jour jusqu'à celles de la nuit ! Germaine ne pouvait voir sa famille que le dimanche après-midi, et encore à condition de rentrer de bonne heure. Heureusement, même à pied, elle ne mettait pas longtemps pour franchir les deux kilomètres qui séparaient la maison de ses maîtres de celle de sa mère.

Je ne savais pas où se situait exactement la demeure de l'architecte et de sa femme. Je ne l'ai appris que récemment. J'étais souvent passé devant sans me douter que là, au début du siècle, ma grand-mère avait peiné pendant neuf ans, au meilleur de sa jeunesse, pour manger à sa faim et gagner quelques sous. Depuis, sans bien savoir pourquoi, je l'évite, comme si je craignais de pousser cette porte pour régler des comptes avec des fantômes qui ont expié depuis longtemps, du moins je le leur souhaite.

Mais ces neuf années n'avaient pas altéré le bonheur de vivre de ma grand-mère, et c'est de cela seulement que je veux me souvenir. Car elle n'avait conçu aucune amertume de sa condition de servante. Elle travaillait pour gagner sa vie : voilà tout. Mieux encore, elle avait eu la chance de faire la connaissance d'un garçon boulanger, le dimanche, à Strenquels, qui lui offrait à chacune de leurs rencontres une petite boule de pain chaud. Il avait des yeux bleus, si bleus, et il la raccompagnait un peu sur la route en lui disant qu'il avait hâte que le prochain dimanche arrive.

En 1916, ce fut elle qui l'accompagna à la gare. Il partait pour la guerre. Elle m'a parlé une fois de cette séparation, ils avaient dix-neuf ans et n'avaient pas pu passer une seule journée ensemble.

— Il m'a dit : « Si tu peux m'attendre, on se mariera. »

Elle ne devait jamais oublier la couleur de ses yeux, ce jour-là. Elle attendit trois ans et se maria avec lui en 1919, avant sa démobilisation — bien que la guerre fût terminée, la durée du service militaire avait été maintenue à trois ans. Elle le rejoignit à Toulouse où il était en garnison et logea dans une mansarde de la rue de l'Amiral-Galache, à deux pas du quartier d'Esquirol où la jeune fille de la campagne, émerveillée, découvrit les lumières de la grande ville, ses vitrines, ses richesses, et les belles toilettes des femmes, dont elle me parla toute sa vie avec un regard ébloui. Elle serait bien restée à Toulouse, ma grand-mère, car elle aimait cette vie bruyante et colorée, mais son époux trouva un fonds de boulangerie à prendre à bail et, sitôt démobilisé, ils s'installèrent dans le village où je suis né. Là, j'ai déjà expliqué ce que fut leur vie, leur travail, leur combat...

L'après-midi, souvent, elle venait nous rejoindre dans les champs, à la belle saison. Travailler. Travailler. C'était pour elle, ainsi que pour mon grand-père, une manière d'être au monde et d'exister. En fait, on ne leur avait appris que cela. D'ailleurs, elle aussi, comme lui, vers la fin de sa vie, ne s'est couchée que pour mourir. Je me dis aujourd'hui, quand je tente de me consoler de l'avoir perdue, que je ne me suis jamais vraiment éloigné d'elle. Même lorsque la vie m'a appelé ailleurs, nous avons gardé nos rendez-vous du samedi après-midi, à quatre heures, que je n'aurais manqués pour rien au monde. Je la suivais dans la cave où se trouvait le garde-manger grillagé, puis je m'attablais avec elle sur l'éternelle toile cirée rouge sur laquelle trônait le même dessous-de-plat vert, et je lui racontais la ville et le monde. Alors je voyais ses yeux briller et je me disais que cette joie était celle d'une enfant qui n'avait jamais grandi.

Plus tard, très fatigués, ils ont quitté leur petite maison pour aller vivre chez mes parents et j'ai pu, à ce moment-là, l'acheter, en empruntant la somme nécessaire. Ma grand-mère venait de mourir. Lui, il était vivant, et je crois qu'il a compris ce que j'achetais réellement en devenant propriétaire de ces murs alors que je n'avais pas d'argent. J'ai été depuis obligé de la revendre, mais Germain avait rejoint Germaine, déjà, depuis dix ans. Je me dis quelquefois qu'il lui a appris la bonne nouvelle et que c'est pour cette raison que chaque fois que je pense à elle, elle me sourit comme elle me souriait à l'époque où le temps n'existait pas, et où je ne savais pas que ceux que l'on aimait pouvaient mourir un jour.

3

Le cœur de mon village était un foirail bordé de magnifiques ormes où nichaient les mésanges et les moineaux. Il servait de cour de récréation à l'école maternelle qui se trouvait à une extrémité, l'autre étant délimitée par un préau qui faisait le bonheur des gens du voyage : bohémiens, rempailleurs ou rétameurs, lesquels s'y installaient à l'abri des intempéries pour le plus grand profit des enfants curieux que nous étions.

Mais je veux d'abord parler de ces ormes qui ont beaucoup compté pour moi, depuis l'école maternelle, donc, jusqu'au temps où, adolescent, j'allais ramasser les feuilles pour les bêtes de mon grand-père, qui en étaient friandes. Il fallait pour cela serrer la tige avec les doigts et tirer vers l'extrémité : les feuilles venaient s'agglomérer en corolle dans la main et c'est alors que leur odeur tiède et poivrée éclatait au soleil. Ensuite, je les enfouissais dans un sac de jute que je jetais sur mon épaule avant d'aller plus loin, à la recherche d'un autre ormeau, le long des haies fleuries d'églantines. Au retour, malgré le savon de Marseille et de multiples frictions, je gardais leur odeur dans ma main plusieurs jours et, prisonnier dans la salle de classe, il me suffisait de les respirer pour revivre ma liberté des jeudis enchantés.

Aujourd'hui, ces ormes sont morts de maladie. On vient de les couper. J'ai compris que ce que l'on coupait était bien autre chose que ces arbres superbes à l'écorce épaisse et rugueuse, aux feuilles parfumées. J'ai deviné qu'on m'amputait d'une partie de ma vie, la plus lointaine, celle de mes premières récréations de septembre, au cours desquelles, vers 1953 ou 54, je me souviens d'avoir vu un cheval emballé être arrêté, au péril de sa vie, par le pâtissier dont la boutique jouxtait le préau. Coupés, détruits, anéantis également, les jeux, les rendez-vous de l'adolescence, car c'était à l'abri de ces grands arbres qu'eurent lieu mes plus belles rencontres.

D'abord avec les gitans, qui n'étaient pas motorisés à l'époque, et dont les roulottes de couleurs vives étaient tirées par des chevaux aux longues crinières tombantes. Ils nous fascinaient, car ils représentaient le voyage et l'ailleurs. Leurs enfants se mêlaient peu à nos jeux, mais il y eut heureusement des exceptions : je me souviens d'une amitié qui m'a fait découvrir une noblesse que j'ai retrouvée plus tard quand j'ai lu *Le Grand Meaulnes*, dans les personnages de Frantz et de son camarade. Ils étaient deux frères d'une même famille, ces amis gitans, nous étions deux aussi, mon frère et moi. Nous avons partagé avec eux, pendant toute la durée des grandes vacances, nos plus précieux secrets. Qui étaient-ils ? Comment s'appelaient-ils ? Je ne sais plus. Je me rappelle la gravité chaleureuse de leurs paroles, leur respect des autres, leur fierté, eh oui, c'est bien cela : leur noblesse. Je me souviens surtout de ma conviction de découvrir des garçons d'une grande originalité, d'une force de caractère et d'une générosité extraordinaires. Je me souviens également de leur sœur, dont je ne vois plus le visage, puisqu'il y a presque quarante ans de cela, mais dont la robe traînant jusqu'à terre, la présence furtive et caressante ajoutaient quelque chose à la beauté du monde, cet été-là.

Je me suis souvent dit que si d'aventure ma route croisait de nouveau la leur un jour, je saurais les reconnaître. Et je ne doute pas qu'ils me reconnaîtront aussi, ces gitans inconnus qui n'ont fait que passer, le temps d'un de ces miracles de la vie dans lesquels je me plais à croire que le hasard n'a pas de place. Car je sais que s'ils se sont arrêtés sur le foirail de mon village, cette année-là, c'était pour remplir l'une de ces missions dont nous ne mesurerons l'importance que le jour où nous serons délivrés du temps et de notre petitesse.

Ils sont partis, pourtant, et d'autres sont venus, mais je n'ai jamais retrouvé cette sensation de bonheur partagé dans la lumière de l'été sous les grands ormes. Sont arrivés d'autres gitans, d'autres bohémiens, des rétameurs (mi-tziganes, mi-forains), qui, à l'abri du préau, faisaient fondre leur étain dans le grand chaudron dont le fond luisait comme un étang pris par la glace. Les femmes leur apportaient des faitouts, des bassines, des brocs, des petits chaudrons de cuivre qui servaient à faire la confiture.

Nous assistions, fascinés, à l'opération miraculeuse qui consiste à faire fondre avec un fer à souder le métal d'une casserole, ou à tremper une cuillère au moyen d'une longue pince dans le lac d'argent du chaudron. C'étaient des hommes graves, des gens de peu, dont le visage était bruni par la proximité des feux, les paupières plissées par l'éclat violent de l'étain. Et souvent nous restions jusqu'à la nuit tombante près des lueurs dansantes, dans l'odeur du bois calciné et du métal fondu, troublés par l'alchimie pourtant rudimentaire de ces hommes muets.

En octobre arrivait l'« alambicaïre » et sa grosse chaudière couleur de cuivre et de bronze. En quelques jours, le tas de marc augmentait près de la machine sifflante qui distillait l'alcool pour le compte de ceux qui possédaient le privilège des bouilleurs de cru. L'odeur d'alcool, de moût, de marc en putréfaction devenait si épaisse qu'elle en était presque palpable. Des essaims d'abeilles et de guêpes saoules tournaient autour de l'officiant au béret qui était rouge comme une pivoine, car il goûtait l'eau-de-vie plus souvent qu'il ne l'aurait dû, sous l'impunité d'une conscience professionnelle que nul, au demeurant, ne contestait. Rien que de l'évoquer, je la sens encore, cette odeur unique qui égayait tous les automnes et campait sur le village avec la pesanteur des nuées d'orage.

On se méfiait davantage des rempailleurs qui n'hésitaient pas à pousser la porte des maisons et souffraient de la réputation d'avoir la main leste, comme d'ailleurs la plupart des gens du voyage. Eux aussi, chaises défectueuses en main, s'installaient sous le préau, pour un face-à-face têtu avec la paille tressée qui pendait d'une poutre, à portée de leurs bras. Ils fabriquaient aussi des paniers et des corbeilles d'osier ou de tiges d'aubier, comme on en trouve au bord des ruisseaux. Nous pouvions rester des heures à regarder leurs mains agiles faire naître l'un de ces paniers que je possède encore, et dans lesquels mon grand-père mettait à lever ses tourtes de pain.

De plus d'importance étaient les gens du cirque. Ils étaient nombreux, à l'époque, les petits cirques que la télévision n'avait pas encore acculés à la ruine. Ils arrivaient sans crier gare, souvent en fin d'après-midi, installaient leurs roulottes, détachaient leurs chevaux qu'ils laissaient négligemment paître dans le pré voisin du foirail, prenaient leurs aises, faisaient régner dans le village une atmosphère heureuse, donnant à tous la conviction que quelque chose se passait enfin. Leurs gens étaient surtout équilibristes, jongleurs, dresseurs de chevaux, gymnastes ou trapézistes, et ils ne possédaient que peu d'animaux. Quelquefois, pourtant, une petite ménagerie montrait des singes aux fesses roses, un lion, un tigre, une panthère, ou bien, attachés à un pieu, un chameau, un dromadaire, une autruche ou un lama trompaient leur ennui en rêvant à leur liberté perdue.

Le montage du chapiteau, le lendemain, nous attirait comme le pollen des fleurs attire les abeilles. Nous passions la journée à errer entre les roulottes, à tenter de surprendre les secrets de ces gens qui nous dévisageaient, me semblait-il, avec un rien de commisération : nous n'étions que de simples mortels alors qu'ils étaient des dieux de la piste. Un prestige particulier auréolait les trapézistes qui, à l'époque, les protections n'étant pas obligatoires, effectuaient le saut de la mort sans filet. Plus rares étaient les dompteurs, dont les fauves, qui tournaient dans des cages minuscules, nous terrifiaient.

Je n'ai pas oublié celui qui est mort devant mes yeux, en 1956 ou 57, ce qui valut au village la une de la presse nationale. Cet homme fêtait son anniversaire — cinquante ans, je crois — et ses amis lui avaient offert un costume de spectacle neuf. Le lion ne l'a pas reconnu. Il ne l'a pas dévoré, non, il s'est contenté de lui ouvrir la carotide, si bien que ce dompteur tchèque est enterré dans le petit cimetière de mon village dans une tombe que les mauvaises herbes ont recouverte depuis longtemps. Son sang, lui, est resté plusieurs mois sur la place du foirail, me faisant découvrir avec un peu d'angoisse ce qu'était le destin. Aujourd'hui je me dis qu'il est mort sans avoir assisté à la disparition du cirque, et que c'est peut-être mieux ainsi. Quelquefois le destin devient providence : c'est ainsi qu'il faut voir les choses si l'on veut vivre avec un peu d'espérance.

Ils ont continué à passer jusque vers la fin des années soixante, ces petits cirques, mais en devenant de plus en plus pauvres chaque année. J'ai assisté à leur décrépitude, qui a coïncidé avec celle du monde rural pour la bonne et simple raison que la cause en était la même : le progrès technique, ses voitures et ses postes de télévision. Le dernier que j'ai vu était misérable : toile de chapiteau déchirée, animaux squelettiques, costumes défraîchis, quête en forme de mendicité après chaque numéro, ficelles, rapiéçages.

Une pitié. Je tâche de l'oublier et de ne me souvenir que des chapiteaux de lumière tout en
sachant, hélas, que la couleur des lampions se
fane toujours avec le temps. Mais le plus important n'est-il pas qu'ils restent vivants dans nos
souvenirs ? Et n'est-ce pas là qu'ils le demeurent
le mieux ? Si, sans doute, puisqu'ils coexistent
encore dans ma mémoire avec d'autres personnages, qui étaient aussi la joie et la vie de ces
années-là.

4

Parmi ces personnages, le garde champêtre est devenu au fil du temps une « figure de légende ». Car s'il roulait son tambour d'Empire avec la dignité qui a dû être celle du dernier carré à Waterloo, il était affligé d'une diction totalement incompréhensible. Il clamait les annonces de la mairie : foires, manifestations, réunions diverses, mais également celles du cinéma d'un village voisin, dont je n'ai jamais réussi à comprendre le titre du film à l'affiche.

Quand il avait fini de crier son annonce, il redressait son képi, poussait dans un geste auguste son tambour vers l'arrière, et ce n'était qu'un chuchotement parmi les badauds : « Qu'est-ce qu'il a dit ? Qu'est-ce qu'il a dit ? » Le brave homme n'en avait cure : il remontait sur sa bicyclette pour aller porter la bonne parole à l'autre bout du village avec une application qui n'avait d'égale que l'incompréhension qu'il traînait derrière lui. Nous l'aimions beaucoup. Je l'aimais beaucoup. Je crois qu'il a vécu très vieux, après avoir posé son tambour et ses baguettes, car je me souviens bien de sa silhouette courbée, paisible, sur le trottoir de sa maison, finalement détaché qu'il était des choses humaines, affichant la sérénité du devoir accompli.

Une autre figure mémorable était le maréchal-ferrant que j'ai déjà évoqué : son travail se trouvait face au chemin qui menait à la maison de mes grands-parents. C'était un homme noir, trapu et moustachu, qu'on entendait hurler de l'autre extrémité du village. Je n'ai jamais compris pourquoi cet homme, qui me donnait à boire du lait de jument dont je n'ai jamais retrouvé la saveur, criait de la sorte sur les chevaux qu'il ferrait. Je ne passais jamais devant chez lui sans m'arrêter : je le regardais appliquer le fer fumant sur les lourds sabots emprisonnés dans d'épaisses courroies, planter ses clous à tête carrée avec une adresse qui me stupéfiait, et je sentais cette odeur de corne brûlée qui me poursuit encore, quarante ans plus tard, chaque fois que dans un village je trouve un travail à l'abandon. La plupart du temps aidé par le paysan propriétaire de la bête, il s'en prenait à sa femme qui tentait de calmer le cheval ou l'assistait maladroitement, ce qui augmentait la nervosité des bêtes et provoquait des ruades qui, parfois, faisaient casser les courroies.

De ce lieu aujourd'hui déserté — mais que j'ai tellement aimé — me restent avant tout le goût d'un lait tiède et l'odeur de la corne brûlée. Quant à lui, je veux croire que ses cris, ses fureurs n'étaient que la conséquence de la faillite vers laquelle l'entraînaient les automobiles qui passaient de plus en plus nombreuses sur la route, à trois mètres de son travail, comme pour mieux le narguer. D'ailleurs, il n'a pas vécu vieux, comme s'il s'était refusé, à l'exemple de tant d'autres qui ne l'ont jamais avoué mais qui sont morts de chagrin, à la disparition d'un monde qu'ils aimaient trop pour accepter de le voir s'en aller. Il existe des hommes dont le cœur innocent a la fragilité du verre. Ce sont ceux-là les meilleurs. Ce sont aussi les plus vulnérables, c'est pour cette raison qu'il en reste si peu.

C'était aussi le cas du bourrelier, qui travaillait dans un atelier sombre rempli d'objets mysté-rieux dont il était seul à connaître l'usage, et dont la profession a suivi la pente tragique de celle du maréchal. Pourtant cet homme possé-dait un antidote au poison de sa vie : il nourris-sait une folle passion pour la musique. Non pas la musique de variétés, mais la grande musique. Il chantait tout le temps, que ce soit dans l'atelier ou sur la bicyclette qui le conduisait de son domicile à son lieu de travail, dont l'odeur aussi m'est restée : il sentait le cuir, évidemment, mais pas n'importe lequel : un cuir gras, soigné, un cuir que le bourrelier traitait amoureusement, avec respect, comme tous ceux qui, à l'époque, vivaient de leur métier ; tous ces artisans, tonne-liers, cordonniers, menuisiers, dont le travail bien fait était la raison de vivre.

Je ne l'ai jamais vu si heureux, ce bourrelier, que le dimanche soir dans les années soixante, car la télévision avait pris l'habitude de diffuser un concert à dix-huit heures. Il n'avait pas la télévision, bien sûr — elle était rare dans les vil-lages —, mais il venait la regarder chez son neveu qui tenait un café et qui avait installé son poste, pour attirer les clients, dans la grande salle ouverte à tous. Nous venions y assister aux matches du dimanche après-midi, puis nous partions. C'était l'heure où le bourrelier arrivait. Il s'installait, seul, face à l'écran magique, et, transfiguré, écoutait sa grand-messe. Parfois, quand il sortait, après avoir communié avec Mozart, Beethoven ou Brahms, nous jouions sur le trottoir. Je revois encore son visage illuminé, le sourire posé sur ses lèvres, et cette expression de béatitude qui allait éclairer sa vie dans l'atelier trop sombre pendant la semaine à venir.

Le cordonnier habitait sur la route qui menait à un lieu-dit appelé la Mélie, qui était un ensemble de vastes prairies, au milieu desquelles se trouvait une mare alimentée chaque hiver par les ruisseaux en crue. Ils y abandonnaient des poissons faciles à pêcher, du fait que l'eau était peu profonde et que, manquant d'oxygène, ils montaient souvent à la surface. Nous nous y rendions à la recherche de menu fretin mais aussi pour jouer avec les enfants qui gardaient les troupeaux dans les prés alentour. C'est dire que nous passions souvent devant l'atelier de ce cordonnier-sabotier, où brillait la lueur chiche d'une lampe qu'il baissait et relevait à volonté, d'un geste sûr de la main.

C'était un homme un peu farouche, au regard noir et profond, très vif, et d'un esprit volontiers sarcastique. On était à une époque où les cordonniers ne fabriquaient plus guère de chaussures : ils les ressemelaient, et il n'était pas rare qu'elles fissent ainsi un usage illimité. Car on n'achetait pas aussi facilement des chaussures qu'aujourd'hui. On les « faisait durer », comme les vêtements, d'ailleurs, que les femmes reprisaient avec soin, heureuses d'économiser les quelques sous qui mettaient les familles à l'abri du besoin.

C'est là, me semble-t-il, le trait essentiel qui différencie les époques : avant, on ne jetait pas, aujourd'hui, on remplace, surtout depuis que la civilisation mercantile dans laquelle nous vivons prend soin de créer de nouveaux besoins aussitôt que les principaux sont satisfaits.

Ce cordonnier avait une vision claire et désenchantée de ce que serait l'avenir. « Pour moi, c'est fini », disait-il, mais il nous observait par-dessus ses fines lunettes, espérant une dénégation que nous étions bien incapables de lui apporter. Je revois sa nuque fragile, tandis qu'il ferrait des sabots, enfonçant adroitement ses clous à tête carrée, puis coupant avec son tranchet le caoutchouc qui dépassait du bois. Je revois son regard noir mais brillant, un peu fiévreux, tandis qu'il levait la tête pour quêter une approbation à ses propos désenchantés. « Les usines, disait-il, ne feront jamais d'aussi bonnes chaussures que moi. Et Dieu sait que j'en ai fait, des chaussures, dans ma vie, pas vrai, les enfants ? »

Nous n'en savions rien, mais nous approuvions de la tête, comprenant confusément que nous nous trouvions là au carrefour de deux époques — je dirais même de deux civilisations. Et nous sentions que cet homme, comme tant d'autres artisans à l'orée des années soixante, était en péril. Pour ma part, je ne suis jamais sorti de cet atelier sans une écharde fichée dans le cœur, car je me rendais compte que les chaussures et les sabots se faisaient de plus en plus rares et qu'il levait de plus en plus la tête vers nous, demandant toujours de cette voix que mon impitoyable mémoire me restitue intacte aujourd'hui, presque quarante ans plus tard : « Pas vrai, les enfants ? »

Il avait raison, bien sûr, car je le vis bientôt sur son balcon, les mains appuyées sur une canne, nous regardant passer sans oser nous appeler, comme s'il n'y avait tout d'un coup plus rien à dire, comme si la prophétie funeste s'était réalisée.

Quelques années plus tard, de retour du lycée pour de courtes vacances, je me suis arrêté pour lui parler. C'est à peine s'il m'a reconnu. Il contemplait ses mains inertes devant lui, avait à peine la force de lever la tête. Simplement, avant de partir, il m'a dit ces deux mots que je n'ai pas oubliés : « Faut étudier. » J'ai su que cet homme avait tout compris de ce monde qui l'avait rejeté, et qu'il avait été heureux, ce jour-là, de me transmettre ce message vital, comme il l'eût fait pour son fils — car il n'en avait pas.

Moins d'une année plus tard, un samedi, ma mère m'a dit : « Le père E. est mort. On l'a enterré hier. » Je n'ai eu aucun mal à trouver sa tombe, dans le petit cimetière à flanc de coteau ombragé par les chênes. J'avais apporté un livre d'histoire et j'ai appris ma leçon devant lui. Cette reconnaissance exprimée, je n'y suis plus jamais revenu. Les enfants et les hommes sont ainsi : ils oublient plus facilement les morts que les vivants. Heureusement pour eux.

Plus joyeux était le coiffeur dont le salon, auréolé d'un panneau « Brillantine Forvil », servait de lieu de ralliement aux pêcheurs et aux sportifs. Des cannes à pêche étaient entreposées un peu partout, y compris dans le salon d'à côté, où papotaient les femmes, des bigoudis dans les cheveux. De lourds parfums en arrivaient, m'enivraient, tandis que j'écoutais, médusé, les exploits des pêcheurs dont les mains écartées évaluaient les dimensions sans cesse croissantes des truites ou des brochets capturés dans la merveilleuse Dordogne. Moi qui ne prenais que les gardèches ou les goujons des ruisseaux, je tentais de percer les secrets d'une telle virtuosité, dont je ne soupçonnais pas une seconde qu'elle pût être factice. Je m'en aperçus seulement le jour où le coiffeur m'emmena à la pêche d'où nous revînmes bredouilles, sous des prétextes qui me parurent douteux.

Qu'importe! Les hommes qui fréquentaient ce salon y étaient heureux. Plus que la convivialité dont on parle aujourd'hui, on y sentait une certaine chaleur humaine, l'impression d'appartenir à une même famille, puisque les préoccupations dont on débattait étaient les mêmes : la pêche, donc, et le Tour de France. C'est pour cette raison que j'aime tant encore le cyclisme : parce qu'il me semble que les athlètes juchés sur des bicyclettes sentent la brillantine Forvil ou s'échappent des pages d'un *Miroir des sports* dont les couleurs sépia ou bleu nuit magnifiaient la légende, dans une sorte de grandeur inaccessible, comme celle des étoiles lointaines.

La banquette de cuir noir était couverte de ces *Miroir des sports* inoubliables, de même que de *Chasseur français*, car, s'ils étaient pêcheurs, ils étaient aussi chasseurs, ces hommes morts trop tôt, trop jeunes, tous ceux que j'ai connus dans ce salon, comme si l'aptitude au bonheur était une maladie mortelle. Je me suis souvent fait cette réflexion, sans parvenir à repousser, chaque fois, la troublante sensation d'avoir découvert l'un des principes obscurs qui gouvernent au destin des hommes.

Je me dis que la médecine d'aujourd'hui les aurait guéris, mais cela ne m'empêche pas, quand je passe sur le trottoir de ce salon qui existe encore, d'éprouver une sorte de sentiment d'injustice et de regretter que le destin montre si peu de jugement. Mais peut-être, après tout, le bonheur ne se mesure-t-il pas en termes de durée mais seulement d'intensité. C'est ce que je veux croire, pour dissiper l'amertume qui subsiste quelquefois de ces pèlerinages dont les couleurs désuètes colorent merveilleusement ma mémoire.

Dans cette galerie de personnages lumineux, je ne saurais oublier, plus que son maître qui tenait négligemment les guides, le petit âne, qui, chaque matin, allait chercher les colis à la gare pour les distribuer dans le village. Il tirait une remorque en forme de plateau avec une application têtue, qui, pour moi, je ne sais pourquoi, était bouleversante. Et si je me souviens de lui, c'est parce qu'il me réveillait tous les jeudis matin, en passant sous la fenêtre de ma chambre. Il me suffit de penser à lui pour entendre le « ploc-ploc » de ses sabots menus, pour me lever et ouvrir mes volets sur le monde paisible.

Avec la chanson du lait dans la cantine, le bruit des sabots du petit âne fait partie de ces sons qui, dans cette part de moi-même essentielle à ma vie, sont capables de me hisser vers des horizons plus vastes que l'univers : ces confins dont parle Julien Gracq, où « la pensée se couche au profit d'une lumière meilleure ». C'est ainsi, je ne sais pas l'expliquer. Ce que je sais seulement, c'est que, lorsque je vais là-bas, les traces de mes pas s'effacent derrière moi, et personne ne peut me suivre. Je m'y sens aux lisières d'un autre monde, celui dont nous portons sans doute le germe enfoui profondément et qui est celui de notre vérité. Là-bas : ni espace ni temps. Une lumière meilleure que celle de la pensée, chaude, rassurante, à la douceur de miel. Peut-être ce que Jean Carrière, par exemple, un écrivain qui a beaucoup exploré le royaume de l'enfance, exprime dans cette phrase qui me paraît résumer parfaitement ce sortilège : « Tous ces instantanés ont joui du même privilège : ils m'ont projeté dans du "temps arrêté". Je m'amuse à penser que c'est peut-être la couleur que prend l'éternité, pressentie depuis le flux qui nous emporte... »

Laissons-nous emporter.

5

Il y avait les artisans, mais il y avait aussi les marchands, et, me semble-t-il, d'abord ceux qui répondaient à ces deux qualifications : les meuniers. Malheureusement, ceux-ci devinrent très vite minotiers en abandonnant l'énergie mécanique des moulins à eau pour l'énergie électrique. Durant les années qui ont suivi la guerre, j'ai quand même eu le temps de voir fonctionner les anciens moulins — pas moins de trois aux alentours — dont la cour était encombrée de charrettes : celles des paysans qui venaient y faire moudre leur blé.

En effet, c'était encore l'époque où les paysans portaient leur farine au boulanger, lequel leur rendait la majeure partie en pain. Système de troc archaïque, dont j'ai souvent entendu se plaindre mon grand-père qui fut de la race des boulangers sans fortune : s'ils travaillaient beaucoup, ils ne recevaient guère d'argent, car la plupart de leurs clients les payaient en farine. Leur seule richesse sonnante et trébuchante leur venait donc des autres commerçants, et encore pas de tous, car il y avait trois boulangers dans le village, à cette époque-là, et la concurrence était rude.

Ce système n'a disparu que dans les années soixante, dès lors qu'il est devenu plus rentable pour les paysans de vendre la totalité de leur blé et d'acheter leur pain. Mais alors, tandis que je suivais mon père au moulin où il allait acheter de la repasse pour ses bêtes (la repasse est la mouture intermédiaire entre le son et la farine), je me faufilais entre les charrettes et je respirais avidement cette odeur unique, qui m'a longtemps poursuivi, jusque dans la maison de mes grands-parents, et que je retrouve parfois aujourd'hui — trop rarement, hélas ! — quand j'entre dans l'une des dernières boulangeries du village.

C'était celle — chaude, douceâtre — du fournil où mon grand-père enfournait les pâtons au bout d'une grande latte de noisetier, dans la gueule du four au fronton de briques. Je me souviens brusquement, à ce propos, que le fournil et la remise où il entreposait la farine étaient envahis par les grillons : de petits grillons noirs, qui commençaient à chanter, l'été, dès la tombée de la nuit, comme pour répondre aux étoiles qui s'allumaient là-haut, aussi nombreuses qu'eux, me semblait-il, et aussi lumineuses qu'ils étaient noirs. Mais je n'ai jamais réussi à comprendre pourquoi les grillons élisent volontiers domicile dans ces lieux qui leur ressemblent si peu.

Aujourd'hui, chaque été, ce chant des grillons me ramène en un instant vers cette époque où des hommes blancs de farine — y compris leurs cheveux — transportaient les sacs sur le dos vers les charrettes, sur lesquelles ils les faisaient basculer d'un mouvement vif de l'épaule et des reins que je revois comme si j'étais là, dans cette cour, comme si l'on pouvait encore entendre le bruissement calme et doux de la roue actionnée par les eaux.

Très vite, le ronronnement des moteurs électriques des minoteries l'a remplacé, et c'est malheureusement de celui-là que je me souviens surtout. Pourtant, les meuniers continuèrent un peu à se servir des vieux moulins pour moudre, à la demande, du maïs ou des céréales pour la volaille, dont la farine demeurait brute, à gros grains. Ils prolongèrent ainsi pendant quelques années cette activité vieille comme le monde et dont le parfum embauma si longtemps les campagnes.

Si je me souviens des marchands de bois — bois de noyer uniquement —, c'est parce qu'ils entreposaient les troncs au foirail et dérangeaient nos jeux. Il y en avait trois au village : c'est dire si le bois des noyers — innombrables dans la vallée — était recherché à l'époque, car il est indéniable que ces marchands vivaient très bien de leur négoce. Ils achetaient aux paysans les noyers morts depuis un an, les faisaient transporter par des fardiers vers des lieux de stockage où ils restaient plusieurs mois. Ils amputaient ainsi de quelques précieux mètres carrés le terrain de football du foirail, nous contraignant à contourner l'obstacle, et surtout à stopper net nos jeux, quand le fardier arrivait, tiré par des bœufs somnolents.

C'étaient des bêtes énormes, le mouchail sur les yeux, harcelées par les mouches, avançant pas à pas, avec cette lenteur qui, dans mon esprit, aujourd'hui comme alors, représente parfaitement la lenteur du temps de ces années-là. Lenteur biblique, sereine, qui étirait le temps en longues plages dorées par le soleil, qui rendait les heures interminables et renvoyait les lendemains à des improbables années-lumière.

Je revois également le roulier qui menait cet attelage antique : de taille moyenne, un chapeau miteux sur la tête, vêtu de haillons noirs, il marchait loin devant les bœufs, s'arrêtait, se retournait, les appelait, les encourageait, même, de la voix, les attendait sans impatience. Il demeure dans mon esprit un personnage immobile, une statue, qui symbolise la vie dont j'ai rêvé dès lors que j'ai été pris dans le tourbillon de « l'autre monde », celui de la ville et de ses courses incessantes — qui, pourtant, conduisent toutes vers la même destination : la fin d'une existence qui aura trop vite passé.

Comme la vallée était riche en noyers, il existait évidemment des marchands de noix — moins nombreux qu'avant la guerre parce qu'une coopérative avait pris le relais. Je me souviens cependant de l'un d'entre eux, parce que j'étais un ami de son fils et que je me rendais souvent chez lui. Il était aussi marchand de vin, si bien que l'odeur de moût, de barrique, de vieille lie, se mélangeait à celle des noix, plus acide, et créait dans les entrepôts une atmosphère proprement enivrante.

Ce marchand embauchait des saisonnières — dont ma mère, dans sa jeunesse, fit partie — du mois de novembre au printemps. Elles travaillaient autour d'une longue table dressée dans un chai dont les murs étaient constitués de panneaux de bois à claire-voie. Certaines cassaient les noix à l'aide d'un petit maillet, les autres triaient les cerneaux, d'un côté les blancs, de l'autre les jaunes (appelés arlequins) et, à part, les débris. Les noix partaient vers les marchés des grandes villes, certaines vers les pressoirs à noix, car l'huile était une denrée précieuse, du moins dans ces régions où nul ne vit jamais le moindre frisson d'argent d'un olivier.

Le pressage était réglementé, un peu comme le privilège des bouilleurs de cru, mais les pressoirs clandestins se cachaient dans l'ombre des remises, car les contrôles à l'époque étaient moins stricts que de nos jours. C'était l'un des charmes de ce temps où l'on pouvait presque tout produire soi-même, pourvu que l'on fût un peu ingénieux. C'est aussi pour cette raison qu'il y avait beaucoup moins d'argent en circulation, et que je n'ai guère rencontré de vénalité, un service rendu en appelant un autre — chez les commerçants comme chez les artisans ou les paysans —, en une forme de solidarité dont les portes soigneusement closes des grandes cités d'aujourd'hui sont bien incapables de susciter la moindre idée.

Cette évidence m'amène à évoquer Konrad Lorenz, l'éthologue autrichien, qui a souvent dénoncé la rupture d'équilibre qui s'est produite entre le monde des campagnes et le monde des villes — je veux dire entre le monde ancien et le monde moderne. « Le plus grand drame de ce siècle, écrit-il, c'est que dans les sociétés occidentales l'humanité a rompu ses liens avec la nature, et qu'en agissant ainsi elle a du même coup rompu l'équilibre qui avait pendant des siècles assuré sa permanence. Ainsi, d'un monde naturel, vivant, solidaire, elle est passée à un monde artificiel, celui des grandes villes de béton, où les comportements sont devenus, à leur image, insensibles et froids. Si bien que désormais il est devenu banal de passer à côté d'un vieillard malade sans se pencher sur lui. Et c'est là le plus grave danger qui nous guette, ajoute Konrad Lorenz : n'être plus humain, en somme, et retrouver des réflexes animaux de survie. »

Moi qui me souviens de cette solidarité des villages où nul ne frappait à votre porte sans qu'on lui réponde : « Finissez d'entrer », je m'inquiète fort de ces portes barricadées sur la méfiance et l'hostilité. Je n'écris pas ces lignes sans songer que raisonner de la sorte, c'est se montrer passéiste. Pourtant je crois au progrès, mais je ne crois pas au faux progrès et à sa quincaillerie dérisoire qui tient si bien les hommes en esclavage. Je suis surtout persuadé qu'il ne faut pas que le progrès soumette les hommes mais, au contraire, qu'il soit pensé et maîtrisé par eux. Or, malheureusement, il y a longtemps que ce ne sont plus la morale ou les idées qui gouvernent le monde, mais des lois économiques dont le profit est le moteur permanent.

Des lois économiques dont la rigueur s'est affirmée cruellement au cours de ces années-là, vidant les villages où les portes s'ouvraient si facilement, où les écoles ne fermaient pas à cause de « ratios » calculés par des fonctionnaires plus draconiens que leur ministre, où les grandes surfaces n'avaient pas encore dévoré les petits commerces, condamné des activités qui permettaient de vivre et de vivre bien : je veux dire sans beaucoup d'argent mais avec la certitude de ne manquer de rien de ce qui est indispensable.

Il est à cet égard remarquable de constater

combien l'activité économique de mon village — des villages en général — était adaptée aux richesses de sa région. C'est là une réalité du monde rural, une particularité, même, qui a perduré au cours des siècles pour éclater seulement dans les années soixante. La meilleure illustration me semble en être — indépendamment de ce que je viens d'écrire sur les noix et le vin, la farine et le pain — l'activité des maîtres de forge au siècle dernier : ils possédaient un domaine où l'on trouvait des forêts, des terres riches en minerai de fer et en ruisseaux, et des parcelles cultivables. Ils construisaient des forges pour fondre leur minerai dans des foyers alimentés par le bois de leurs forêts, et refroidissaient leurs fours avec l'eau de leurs ruisseaux. Les forges ne fonctionnaient que l'hiver, quand les terres cultivables n'exigeaient pas la présence des hommes qui exploitaient le domaine. Des générations de rouliers acheminaient le minerai vers la forge, des dynasties de fondeurs accédaient à un statut de salariés sans quitter leur « pays ».

On me pardonnera ce détour qui tend seulement à illustrer une sagesse et une harmonie qui furent mises à mal par la première révolution industrielle — déjà — et qui favorisaient une vie basée sur un certain équilibre entre le monde naturel et les hommes qui savaient si bien s'en accommoder.

Cet équilibre, à Beyssac, s'exprimait dans les relations entre les hommes, surtout dans les cafés, qu'ils fréquentaient, je l'ai déjà dit, beaucoup plus pour le goût de la parole que pour celui de l'alcool, je puis en témoigner. Douze cafés, exactement, et pour cinq cents habitants seulement, dans lesquels les conversations s'éternisaient pendant les parties de cartes, devant un verre de vin, de Pernod, de Berger, de Byrrh ou de Cinzano. Ces cafés travaillaient surtout les jours de foire et les jours de fête. C'étaient alors de véritables ruches qui s'ouvraient sur les trottoirs où avaient été disposées des tables sur des tréteaux branlants, où des serveuses ébouriffées, en tailleur noir et tablier blanc, satisfaisaient les commandes sans hâte, puisque aussi bien on avait décidé de prendre le temps de vivre.

De décembre à février, l'un de ces cafés servait de lieu de rendez-vous aux vendeurs et aux acheteurs de truffes : monde singulier, furtif, mystérieux, propre aux adeptes de l'or noir — peut-être la seule véritable richesse du Quercy. Tous avaient leur secret, mais n'en parlaient guère que par des allusions relatives aux chiens caveurs ou aux mouches, puis ils s'enfuyaient, serrant entre leurs vêtements et leur peau des billets qui seraient soigneusement rangés dans une boîte sous des piles de draps.

Dans la cour de la gare, se trouvait le café où mon grand-père partait faire sa belote le dimanche après-midi, vêtu de son costume de velours. En allant quelquefois le retrouver, j'admirais la collection de papillons épinglés contre un mur, et j'attendais impatiemment la grenadine dont le goût resterait dans ma bouche jusqu'au repas du soir. Je m'inquiétais un peu de la mine sévère des joueurs qui frappaient parfois violemment sur la table en abattant leurs cartes, mais le calme retombait aussi brusquement qu'était apparue la tempête. Malgré ma curiosité, je n'ai jamais assisté à ces colères terribles dont me parlait ma grand-mère, qui prétendait entendre crier mon grand-père depuis sa maison, car c'était un homme qui n'acceptait pas la défaite, dans quelque domaine que ce soit.

Par ailleurs, comment aurais-je oublié cette vieille femme qui n'avait pas d'autre ressource que son café, mais qui ne savait pas compter ? Nul ne la trompa jamais, du moins en ma présence, au contraire : chacun veillait à payer scrupuleusement son dû. Heureux temps, que celui où s'exprimaient d'autres lois que la loi de la jungle, dont elle connut hélas les méfaits avant de mourir. Je revois encore son visage stupéfait quand je lui révélai, peu avant sa mort, après donc l'arrivée des nouveaux francs, que six fois quatre faisaient vingt-quatre, alors que, sur la foi d'une réponse donnée par des étrangers de passage à la question qu'elle posait toujours à voix haute, elle avait encaissé seize francs.

— Et pourquoi ils m'auraient trompée ? me demanda-t-elle.

— Je ne sais pas.

Elle avait des larmes dans les yeux. Que lui dire ? Je n'ai pas osé lui avouer qu'il existait des gens malhonnêtes, et, comme je demeurais muet, elle eut ce jugement définitif qui la rassura et lui fit retrouver tout de suite sa sérénité :

— Ils étaient sans doute comme moi : ils ne savaient pas compter et ils n'ont pas osé me le dire.

Depuis ce jour-là, chaque fois que je pense à elle, et malgré les années passées, mes mains tremblent... comme aujourd'hui en écrivant ces lignes et en revoyant ses grands yeux clairs, son chignon blanc, ses mains sans cesse en mouvement, et ce sourire désarmé qui attirait les chiens perdus.

Non, je ne suis pas en train de vouloir démontrer que ce monde était la perfection et la générosité mêmes, mais je sais aussi que nos villages étaient peuplés de quelques âmes simples qui ailleurs n'eussent pas survécu. Beaucoup étaient employés comme ouvriers agricoles, vivaient dans des conditions pas toujours très salubres mais n'étaient pas maltraités et mangeaient à leur faim. En tout cas, ils n'étaient pas rejetés, avaient un toit, un feu l'hiver, et, contrairement aux S.D.F. alignés aujourd'hui sur les trottoirs, nul ne passait à côté d'eux sans leur adresser la parole. Ainsi, chacun trouvait sa place, même les plus démunis, vivant de petits métiers, comme cet Espagnol réfugié qui bêchait les jardins ou effectuait des travaux de terrassement, cet Italien qui s'engageait à la journée comme ouvrier maçon, ce Français analphabète qui se louait dans les fermes l'été et dormait au chaud dans une scierie l'hiver.

Il faut bien le dire : c'était un monde gai, un peu frondeur, mais d'une chaleur et d'une générosité extraordinaires qui ensoleillaient chaque jour de la vie, et je ne me souviens jamais de ces hommes, de ces femmes, pour la plupart aujourd'hui disparus, sans songer à cet écrivain du Midi qu'un éditeur fit venir à Paris pour y cueillir une gloire éphémère, mais qui s'enfuit tout aussitôt et n'écrivit plus une ligne, sauf, avant de mourir, celle-ci, édifiante : « Je n'ai pas écrit beaucoup de livres, mais, dans ma vie, il a fait beau. »

6

Il y avait les jeudis, les vacances, mais il y avait surtout l'école, et d'abord le chemin de l'école. Car si la maternelle se trouvait à proximité de ma maison, le cours élémentaire et le cours moyen se trouvaient, eux, dans un autre bâtiment, à l'extrémité du village. Et c'était l'occasion, en chemin, de rencontres et de découvertes qui nous contraignaient ensuite à courir pour ne pas arriver en retard.

Passé le foirail, donc, nous butions sur la boutique du pâtissier qui arrêta un jour un cheval emballé. Les choux à la crème et les éclairs au chocolat nous retenaient quelques instants devant la vitrine de cet homme que j'ai souvent vu devant sa porte, les mains dans les poches, en m'imaginant qu'il rêvait de renouveler son exploit. En fait, il était plus modeste que je ne le croyais, puisqu'il ferma rapidement boutique et prit ailleurs une retraite anonyme et secrète, sans autre gloire que celle-là.

Face à lui, se trouvait l'entrepôt d'un limonadier dont les grandes portes bleues s'ouvraient dans ma tête sur des millions de bulles pétillantes : la limonade était en province, à l'époque, avec la grenadine, la récompense des enfants. De lourdes caisses remplies de bouteilles formaient une haie en bordure du chemin et nous faisaient envisager des expéditions de rapine qui ne se réalisèrent jamais. On ne badinait pas avec les valeurs morales en ces temps où l'éducation des enfants ne ressemblait guère à celle d'aujourd'hui. Qu'importe ! C'est grâce à elle que je peux encore rêver de limonade, et en boire une bouteille, parfois, l'été, sous l'œil affligé d'un garçon de café qui soupèse mon âge.

Un peu plus loin, sur la droite, il y avait le monument aux morts épaulé par deux buis, avec ses noms gravés dans le marbre, dans une majesté impressionnante. Gravées également les mentions « La Somme, Verdun » et « Aux F.T.P. tombés pour la patrie, leurs camarades reconnaissants ». L'Histoire sous nos yeux, mythique et redoutable, que venaient auréoler les cérémonies du 11 novembre suivies par l'ensemble de la population, y compris par nous, les élèves, qui étions conduits par l'instituteur de la République. La guerre de 14 appartenait à mon grand-père, celle de 40 à mon père, résistant non pas F.T.P. mais des groupes Vény de l'« Armée secrète ». Autant dire que je ne repartais pas seul du monument glorieux, entouré que j'étais par ces hommes à qui je dois ce que j'ai de meilleur.

Leurs mains sur mes épaules m'aidaient à franchir la voie ferrée d'Aurillac, sur laquelle passaient des trains qui provoquaient régulièrement les seuls bouchons que connut jamais le village. Elles se faisaient moins lourdes à l'heure du choix de deux chemins possibles : ou prendre le raccourci sur la droite, ou continuer sur la route qui était celle de Martel. Ils présentaient tous deux des avantages non négligeables, ainsi qu'on va le voir.

Le raccourci était un chemin de gravier dont l'entrée se situait entre la boutique d'un ferronnier — encore l'un de ces artisans aujourd'hui disparus — et celle d'un grainetier. C'était, je pense, un chemin privé dont le portail, toujours ouvert, était censé défendre l'entrée, d'où l'impression de menace qui m'étreignait dès que je le franchissais. Mais le jeu en valait la chandelle car, passé la boutique, des greniers s'ouvraient à claire-voie et leurs parfums emplissaient le petit chemin, au point que j'avais l'impression de devoir franchir un mur d'effluves, tous aussi enivrants les uns que les autres. C'était donc un peu titubant que je continuais ma route (quand j'écris « je », je pense nous, car mon frère jumeau était toujours à mes côtés) pour longer un jardin défendu par un mur, puis la terrasse d'une maison aux volets bleus où vivait une femme seule éternellement vêtue, me semble-t-il, d'une robe de chambre rose. Ensuite, sur la droite, se trouvait le grand café-restaurant qui bourdonnait comme un essaim les jours de foire. Là, il fallait tourner à gauche, et l'école nous attendait à trente mètres, passé la longue maison basse qui appartenait au propriétaire du petit âne des jeudis matin. A l'école, le portail était toujours ouvert mais c'était un autre monde qui commençait, une fois franchie la frontière de la liberté.

La deuxième façon d'y accéder était de continuer sur la route en direction de Martel, de dépasser une boulangerie, une épicerie, deux cafés, un marchand de primeurs et d'arriver devant la caverne d'Ali Baba de Mme M. qui recelait des trésors prodigieux : café en grains, sardines séchées, Carambars, chewing-gums, Mistrals gagnants, surprises, articles de pêche et de chasse, miel, bougies, chocolat, tisanes en fleurs, bref : tout ce qui se vendait ou s'achetait à cette époque-là. Les gamins que nous étions y faisaient des haltes régulières, du moins ceux qui disposaient de quelques sous.

A l'instant où j'écris ces mots, si je pousse par la pensée la porte à grelots de cet antre sacré, je sens encore l'odeur qui y régnait : un mélange de café, de pain d'épice, de poisson séché, de feuilles de tilleul ; alors j'ai dix ans. Un privilège que je m'offre de temps en temps, quand le tourbillon de la vie m'emporte et que j'ai besoin de me souvenir d'où je viens, afin de prendre des décisions supposées capitales, mais dont la gravité ne résiste jamais au réflexe de ce simple recul.

L'école est là, à vingt mètres, en remontant vers la droite la rue calme qui joint un peu plus haut le domaine du petit âne. Mais je veux m'arrêter un moment avant d'y entrer, pour parler de la maison qui fait face à la caverne d'Ali Baba : c'est là que mon père est arrivé, venant de Sarlat, comme apprenti, en 1937. Au-dessus d'elle, se trouve la grange de pierre dans laquelle il travaillait à dix-sept ans, sans beaucoup de repos. Il y a quelques années, je l'ai achetée et restaurée à cause de ce que racontait Marcel Pagnol dans *Le Château de ma mère*, le chagrin inconsolable d'Augustine qui ne sut jamais qu'elle était chez son fils, puisqu'elle était morte quand Pagnol acheta le château qui lui faisait si peur. Cet épisode des « souvenirs d'enfance » fut déterminant dans le fait que j'ai acheté cette grange. Mon père en gardait les clefs, il y était chez lui, et je songeais souvent au jeune homme qu'il avait été, corvéable à merci, devenu, grâce à moi, mais aussi et surtout grâce à lui, le maître de ces lieux.

Et pourtant j'ai revendu cette maison. D'abord parce que je n'ai pas le goût de la propriété : il me suffit de disposer un moment d'un bien matériel pour en épuiser le plaisir. Ensuite parce que mon père a eu, comme moi, le temps de savourer une revanche qui, comme toutes les revanches, est vite devenue dérisoire. Mais surtout parce que depuis la baie vitrée de cette maison j'apercevais la cour de mon école, et chaque fois la blessure mortelle du temps s'agrandissait en moi. J'ai fini par ne plus en supporter la douleur et j'ai préféré l'image du souvenir à celle d'un présent atrocement désert. Aujourd'hui, je prends garde de ne pas trop fréquenter ce chemin sur lequel je sens toujours déferler dans ma poitrine une vague merveilleuse et désespérée, qui m'incite plutôt à prendre mes jambes à mon cou et à chercher une richesse tangible : celle de la présence des miens qui, eux, grâce au ciel, sont bien vivants.

Cette école était composée de deux bâtiments de même dimension accolés l'un à l'autre (le cours élémentaire et le cour moyen), le tout s'appuyant sur l'immeuble qui longeait la rue et qui abritait le logement des instituteurs. Deux cours rectangulaires étaient séparées par une murette — que l'on retrouve aussi dans mes romans — où s'ébattaient d'un côté les filles, de l'autre les garçons, car il était d'usage d'établir une ségrégation devenue aujourd'hui heureusement caduque. Les fenêtres étaient encadrées de briques rouges, et il fallait monter trois marches pour accéder au temple du savoir.

Là, officiaient deux instituteurs magnifiques, ou plutôt un instituteur et une institutrice qui s'appelaient M. et Mme Fargeas. Je cite leur nom volontairement, car ils étaient directement issus de ces hussards de la IIIe République, qu'une même École normale formait depuis le début du siècle, et dont le métier était une mission : alphabétiser toute une population rurale en lui apprenant également les rudiments de la morale, de la politesse et de la propreté. Que de revues d'ongles, d'oreilles, de cheveux, à l'entrée en classe ! Que de leçons de morale entendues dès la première heure ! Que de diatribes contre l'alcool, avec, à l'appui, une carte où un énorme foie, d'un rouge violacé, témoignait des ravages du vin !

Le maître s'occupait de la grande classe, la maîtresse de la petite. Elle surveillait la cour de récréation des filles, lui la cour des garçons. C'était un homme sec, au visage aigu, au nez aquilin, doué d'une autorité naturelle qui pouvait passer pour de la sévérité. Elle lui était bien utile pour diriger la classe du certificat d'études qui regroupait les plus grands, ceux qui, renonçant à l'entrée en sixième dans les lycées, se préparaient à travailler à quatorze ans. C'étaient pour la plupart de fiers gaillards venus des fermes voisines, dont la force physique faisait régner la terreur dans la cour de récréation.

Elle, la maîtresse, était brune, menue, fragile, avec, je crois me souvenir, de très beaux yeux verts. Ils étaient tous les deux originaires du monde rural, et avaient suivi le chemin salvateur des enfants de famille paysanne, à l'époque : celui de l'Ecole normale. Elle nous racontait souvent comment elle avait été obligée d'étudier en gardant les vaches, et avec quels efforts elle était parvenue à réaliser son rêve : devenir maîtresse d'école. Ils avaient deux enfants, plus jeunes que moi, dont j'ai perdu la trace et que j'aurais grand plaisir à revoir aujourd'hui, ne serait-ce que pour savoir où ont vécu leurs parents après avoir quitté le village, deux ou trois ans après mon entrée en sixième. Je sais seulement qu'ils sont morts très jeunes, ces instituteurs qui ont beaucoup compté pour moi, et dont le souvenir me hante, car je ne suis pas certain d'avoir eu le temps de leur dire vraiment tout ce que je leur devais.

A lui, surtout, qui ne se permit pas de rire, mais qui, au contraire, trouva que c'était une excellente idée, le jour où je lui dis, devant la classe médusée, que je voulais devenir écrivain. Nous étions en 1956 ou 57, au fin fond de la province, je n'étais pas si brillant que cela en français, mais j'écrivais des alexandrins et il avait la bonté de les juger plaisants. Bref, cet instituteur-là croyait que, pour ses élèves, tout était possible. Car il faisait partie de cette génération qui pensait que le savoir délivrerait les hommes de leurs chaînes en leur apportant le progrès. C'était le vieil humanisme laïque et républicain qui survivait dans les provinces françaises, inculquant aux enfants des valeurs un rien contestées aujourd'hui, depuis qu'il est prouvé que le progrès technique, hélas, peut engendrer aussi des fléaux.

Qu'à cela ne tienne : je dois à ces deux sentinelles de la République un éveil à la vie et au monde qui, sans eux, n'eût pas été le même. Qui sait en effet si, sans eux, le cours de ma vie n'aurait pas été différent, tant il est vrai que c'est à cet âge-là que l'on est le plus perméable aux idées, aux sensations, et aux émotions provenant du monde extérieur. Si j'en ai la certitude, c'est parce que je me souviens du moindre détail de ma classe, et de ce qui s'y passait. D'abord de l'encrier de porcelaine que nous remplissions chaque lundi avec un broc affecté à cet usage : encre violette bien sûr, qui laissait sur le bord blanc une auréole évoquant pour moi le feuillage d'un arbre. De mon plumier ensuite, qui était en bois verni, avec un paysage peint sur le couvercle, et que je fermais au moyen d'une petite couronne rabattue sur un point fixe de métal doré. Il contenait lui aussi de nombreux trésors, des gommes, toutes aussi délicieuses les unes que les autres — qui n'en a pas mangé ? —, des porte-plume en bois ou en plastique, avec, parfois, au milieu, une lentille lumineuse au fond de laquelle apparaissait un personnage de légende ou le mont Saint-Michel, un compas, également en bois, un crayon à ardoise noire, avec sa bague dorée qui maintenait le fin bâton de pierre servant à écrire et dont j'entends encore le grincement, des crayons de couleur à l'odeur délicate, des crayons à papier, que sais-je encore ?

Le tableau était noir, bien sûr, et nous l'effacions à tour de rôle, non pas avec ces brosses de feutre qui furent si efficaces plus tard, mais avec un chiffon dont la poussière de craie faisait naître de petits nuages délicieusement âcres. Les craies, placées dans le support en fer du tableau, étaient de toutes les couleurs, les blanches dominant. Aux murs étaient accrochées de belles cartes de France, quelques-unes en relief, pour la géographie ; d'autres, plus simples, étaient destinées aux leçons de choses qui ont disparu aujourd'hui, comme si les choses ne donnaient pas de meilleures leçons que les hommes.

Le bureau du maître trônait sur une estrade, à gauche de l'entrée, une longue règle de fer en évidence devant un encrier à encre rouge. Le poêle se trouvait au fond, mais nous n'en étions plus au temps où chaque élève apportait sa bûche : le maître le garnissait lui-même chaque matin, et c'était un privilège que de rester blotti près de la fonte chaude, les matins d'hiver, pour ne pas aggraver un rhume ou une angine imaginaires.

Les tables étaient légèrement inclinées vers l'arrière, à deux places, et dissimulaient un casier où nous glissions nos cahiers et nos livres. Ah ! ces livres ! Je les revois encore, et surtout celui d'histoire et celui de français. Dans le premier, Vercingétorix, torse nu, jetait son épée aux pieds de César, Roland s'époumonait à Roncevaux, Louis XVI régnait comme un soleil et Napoléon surveillait ses bataillons du haut d'une colline de Wagram avant d'assister, impuissant, au désastre de la Berezina. Des expressions, des images survivent en moi de ces légendes et de ces faits d'armes : l'école de Charlemagne, le vase de Soissons, la guerre de Cent Ans, les cages de Louis XI, l'assassinat d'Henri IV, le Blocus continental, Sainte-Hélène, etc. M'en reste aussi le souvenir des dates que nous apprenions par cœur sans toujours en saisir l'importance, mais qui se sont incrustées dans ma mémoire : Marignan (1515), le massacre de la Saint-Barthélemy (1572), la révocation de l'édit de Nantes (1685), Waterloo (1815), j'en passe et j'en oublie, mais leur musique ne s'est jamais tout à fait éteinte dans ma tête.

Pas plus que le ronronnement des heures de lecture et des textes ânonnés dans les langueurs des après-midi interminables. Les auteurs en étaient des écrivains d'avant-guerre, le plus souvent d'origine provinciale : André Chamson, Joseph de Pesquidoux, Louis Guilloux, Eugène Fromentin, Jean Guéhenno, Maurice Genevoix, Jules Renard ; des classiques aussi : Chateaubriand, Balzac, Lamartine, Guy de Maupassant. Je ne me souviens pas du nom de l'auteur, mais je n'ai jamais oublié ces lignes qui évoquaient tour à tour une vieille femme paralysée à qui son petit-fils faisait visiter une dernière fois son domaine en automobile ; un enfant dont le père rentrait le soir, abattu, et à qui sa mère apprenait qu'« il venait de perdre son travail » ; ces élèves, qui, sur une route mystérieuse, devaient se ranger pour laisser passer des troupeaux dévastant tout sur leur passage ; une chasse au faucon, enfin, lue un lundi après-midi, j'en suis certain, comme si cela avait eu une importance qui m'échappe aujourd'hui. Pourquoi ces pages-là et non pas d'autres ? Il serait intéressant de connaître à quelles lois obéit la sélection effectuée par notre mémoire.

Moi qui, encore une fois, crois peu au hasard depuis que j'ai lu André Breton, je m'interroge souvent sur la signification cachée de ce genre de correspondances. Quel est cet écho qu'une simple lecture peut faire naître au fond de nous, éveillant en même temps une vibration qui semble provenir de plus loin que notre naissance ? Est-il la trace de vies antérieures dont la lumière vacillante parvient quelquefois jusqu'à nous comme celle des étoiles lointaines ? Je ne sais pas. Je cherche et je m'interroge souvent, car là aussi, dans ces confins, je devine des portes qu'il serait important de pousser, mais que je n'ai, hélas, jamais vraiment franchies.

Ce que je préférais, par-dessus tout, c'étaient la poésie et la récitation. La musique des mots m'enchantait. C'est grâce à elles que j'ai fait connaissance avec Théophile Gautier, Emile Verhaeren, Philéas Lebesgue, Jean Moréas, Paul Verlaine, Henri de Régnier, Maurice Fombeure et l'astre suprême que fut et que reste pour moi Victor Hugo. Pourquoi lui ? Parce que sa lumière se confond avec celle de l'étude du soir, de cinq heures à six heures, dans l'odeur quiète et le ronronnement du poêle à bois. Miracle des miracles, ma classe possédait en effet une petite bibliothèque — oh ! bien peu fournie : trois étagères seulement dans un meuble très simple posé sur une table. Mais dans cette bibliothèque figuraient tous les livres du grand Hugo : *Les Voix intérieures*, *Les Contemplations*, *Les Rayons et les Ombres*, *Les Châtiments*, *Les Chants du crépuscule*, etc. C'est pour cette raison que j'ai lu, je crois, toute la poésie de ce géant avant l'âge de onze ans. On imagine les répercussions d'une telle lecture dans l'esprit d'un enfant! Ces trésors étaient recouverts de ce papier bleu nuit qui servait à les protéger à l'époque, et dégageaient un parfum d'encre et de pâte de bois dont la seule évocation me remet en mémoire ces vers :

> « *Connaissez-vous, sur la colline*
> *qui joint Montlignon à Saint-Leu*
> *Une terrasse qui s'incline*
> *Entre un bois sombre et le ciel bleu?*
> *C'est là que nous vivions — Pénètre,*
> *Mon cœur, dans ce passé charmant!*
> *Je l'entendais sous ma fenêtre*
> *Jouer le matin doucement...* »

Jamais les minutes ne m'ont paru si épaisses, si graves, que durant cette heure magique où, mes devoirs expédiés, je lisais Victor Hugo et tentais moi aussi d'écrire des vers. Nous étions peu nombreux dans cette étude paisible : une dizaine seulement. Elle était comme un îlot protégé des tempêtes, et c'est elle, j'en suis persuadé, qui a fait de moi ce que je suis. Il a suffi pour cela de trois étagères de livres auxquelles on me laissait libre accès. A quoi tient la destinée? La mienne est indéfectiblement arrimée à cette heure du soir où j'ai appris à côtoyer l'indicible, l'indécelable de nos vies, grâce à la poésie qui est l'une de ses meilleures médiatrices. Là-bas se trouve la plus haute branche de mon arbre, celle que je regagnerai à l'heure de ma mort, parce qu'elle est la plus proche des territoires qui s'étendent, immenses et bleutés, derrière le miroir de la vie. « Dans ces parages, ce sont moins les images qui reparaissent que leur contenu essentiel, comme si, le rideau déjà tombé, un orchestre invisible jouait encore dans l'espace désert le motif principal, solitaire, tragique et superbe, et d'une effrayante signification... » C'est en lisant ces lignes d'Ernst Jünger que j'ai compris vraiment la richesse et la gravité de ces heures magiques.

Aujourd'hui je suis devenu écrivain, et je pense à cet instituteur qui n'a pas ri, et qui m'a encouragé, au contraire, sur ce chemin incertain. Mieux encore : depuis deux ans, la bibliothèque de mon école porte mon nom. J'ai essayé, le jour de l'inauguration, en découvrant la plaque de cuivre sur la porte, d'expliquer ce que je devais à ces livres, mais je n'en ai pas trouvé la force. Une somme d'émotions s'est levée en moi avec la violence d'un ouragan, et j'ai saisi la première occasion pour m'enfuir, poursuivi que j'étais par des rayons et des ombres dont la redécouverte venait de me foudroyer. Certes, savoir la boucle ainsi bouclée m'est d'un grand réconfort, mais j'ai parfois aussi l'impression de ne pas vivre entier : un peu de moi-même est resté tout là-bas, devant les livres bleus, et une voix d'enfant me demande souvent, à l'heure où la nuit tombe, pourquoi je l'ai abandonné.

7

La cour de récréation me paraissait immense alors qu'elle est minuscule. Il y avait un marronnier au milieu, qui servait aux plus faibles de refuge contre les vagues de l'« épervier », ce jeu qui consistait, pour trois ou quatre garçons aux mains réunies, à empêcher les autres de traverser la cour. Le préau, lui, avec sa corde à nœuds, appartenait à ceux qui préféraient des jeux plus paisibles. Il abritait également les « cabinets » à l'odeur de Crésyl, et un banc fait d'une poutre posée sur deux pierres. Dans les recoins de la cour, à l'abri des remous, se trouvaient les « terrains de billes », petites bandes de terre où les belles agates et les boulards de fonte se disputaient à l'intérieur d'un triangle la possession des billes simples de couleur bleue, rouge ou verte. Je n'ai pas vraiment souvenance d'autres jeux, à part celui du saute-mouton, qui était interdit car réputé dangereux, ou celui du « chat coupé » qui consistait, comme son nom l'indique, à couper la course d'un « chat » lancé à la poursuite de sa proie pour devenir une cible à son tour.

De l'autre côté de la murette, je l'ai déjà dit, les

rondes des filles nous paraissaient bien lointaines, mystérieuses et redoutables à la fois. Parfois nous nous asseyions sur les pierres, dos sagement tourné à la cour interdite, pour discuter ou regarder, sur la colline voisine, des paysans faner ou monter le chemin d'un lieu-dit appelé Costebille. Au sommet de cette colline vivait un coq dont le chant est devenu pour moi indissociable de ces heures lentes. Et depuis, tous les coqs qui chantent me renvoient violemment vers cette cour d'école aujourd'hui désertée : des bâtiments neufs ont été construits à proximité et le préau est à moitié démoli. J'y reviens quelquefois en évitant de respirer trop fort, frôlant des ombres disparues. Je monte les trois marches qui permettent d'accéder à la porte d'entrée et je regarde, épouvanté, la salle de classe envahie par les tables de jeux d'un club de troisième âge. Plus de cartes de France sur les murs, plus de bureau, plus de tableau noir et de chiffon couvert de poussière de craie, plus de poêle et plus de bibliothèque ! Ils ont été transportés ailleurs : un peu plus loin, trop loin pour moi.

Je n'ai d'autre ressource que de partir et de tenter de me persuader que l'essentiel est que tout cela demeure vivant en moi, le cœur cognant très fort à l'instant de franchir les marches qui mènent au portail, à l'endroit même où mon instituteur, me serrant la main pour la première fois, me souhaita bonne chance en juillet 1958, l'année du départ. Là également, les grands, qui étaient auréolés de leur entrée dans la vie lycéenne, venaient à sa rencontre le samedi après-midi, pour de mystérieux échanges que pour ma part je n'enviais pas. Je savais d'instinct qu'au-delà de ces marches, une fois que je les aurais descendues pour la dernière fois, je pénétrerai dans un monde qui me brûlerait jusqu'aux os.

Ce monde-là, heureusement, commençait au-delà des frontières du village. Je n'avais pas encore eu le temps de les connaître toutes durant les moments de loisir que me laissait l'école, le jeudi et le dimanche : deux espaces infinis, de vraie liberté, dans les champs et les prés. Car c'est vrai que les enfants des campagnes vivaient libres, alors, et à l'écart des dangers. Il y avait en effet peu de voitures sur les routes, peu d'interdits, peu de risque à parcourir les grandes prairies, les maïs et les blés, les berges des ruisseaux où l'eau n'était pas suffisamment profonde pour qu'un seul d'entre nous pût se noyer.

Pourtant ils étaient nombreux, ces ruisseaux à eaux vives qui couraient vers la Dordogne distante de six kilomètres. Et ils nous attiraient dès que, le petit déjeuner avalé, nous nous retrouvions au foirail pour décider de quoi serait fait notre jeudi. Nous passions beaucoup de temps à la pêche. Pour faire une friture de goujons, il nous suffisait d'un bambou, d'un peu de fil, d'un bouchon, d'un hameçon et d'un plomb. Un morceau de ver nous servait d'appât ; ou, à partir du mois de mai, l'une de ces larves jaunes qui se réfugient dans une maison de brindilles, et qu'on appelle « hommes-de-bois » ou « porte-bois ». Les truites étaient trop farouches pour nous. Il m'a fallu attendre quatorze ans pour attraper la première, avec un matériel plus adapté à ce genre d'exploit.

Si nous aimions tant les ruisseaux, c'est parce qu'ils étaient des lieux habités : toute une sauvagine vivait là, qu'il était fabuleux de surprendre, tapis derrière le feuillage des rives, ou bien les pieds dans l'eau — une eau d'une telle fraîcheur, même l'été, que la douleur sur nos chevilles et nos mollets nous obligeait à regagner la rive pour les réchauffer au soleil. C'était le domaine des martins-pêcheurs, des gros rats des champs, des loutres, des poules d'eau, des couleuvres vertes, des canards sauvages, des fouines, de toutes sortes d'oiseaux qui venaient boire, des gros chevesnes insaisissables qui mouchaient sur les sauterelles avant de replonger vers leur refuge sombre.

Quelquefois, les plus hardis d'entre nous osaient glisser leur main sous les souches pour tenter de saisir les gardons aux nageoires orangées, mais beaucoup ramenaient un serpent d'eau qui les faisait renoncer à cet exercice périlleux. Il était plus facile de poser des nasses ou des bouteilles dans le sens du courant, où ne se prit d'ailleurs jamais que du menu fretin. Non, la pêche miraculeuse, la pêche attendue, la pêche rêvée, était celle des écrevisses. Car elles étaient nombreuses alors, n'ayant pas été exterminées par une maladie venue je ne sais d'où, et peut-être également, à l'exemple des poissons, par les engrais chimiques qui ruissellent vers les cours d'eau pendant les grands orages.

Elle n'ouvrait que l'été, cette pêche miraculeuse, mais tout le monde la pratiquait à partir du printemps jusqu'au mois de septembre, et je n'ai pour ma part jamais rencontré le moindre garde-pêche. Il fallait choisir des ruisseaux étroits, à l'eau peu profonde, et d'abord se munir de ce que l'on appelait des balances, à savoir des petits cercles de fer garnis par des mailles de toile assez lâches pour les faire ressembler à des filets à papillons, mais de plus grande dimension.

Nous attachions au centre de ces balances un morceau de viande avariée d'agneau ou de mouton et, au moyen d'une longue branche terminée en fourche, nous les laissions descendre dans l'eau en faisant coulisser la longue ficelle qui était nouée en trois brins au cercle de fer. Ensuite, il suffisait d'attendre pendant dix minutes ou un quart d'heure, le temps que l'odeur de la viande attire les écrevisses. Alors nous nous approchions sans bruit, et quelle émotion c'était de voir remuer la viande au fond de l'eau, de glisser précautionneusement la fourche sous la ficelle et de relever brusquement la balance pour la précipiter dans l'herbe ! Les écrevisses battaient follement de la queue, accrochées de leurs pinces au mets de choix qu'elles n'avaient pas voulu lâcher, et il fallait les saisir délicatement, juste derrière les pinces, pour les enfouir dans un sac que l'on cachait dans une haie, car nous n'avions aucun respect de la taille autorisée — qui devait être, je pense, de neuf centimètres de la tête à la queue.

Je me souviens avoir rempli un sac entier de ces petites bêtes en un après-midi, dans les années cinquante, à l'époque où les gardes étaient davantage soucieux de leur propre pêche que de celle des autres.

Aujourd'hui, plus le temps passe et plus la taille autorisée des poissons augmente. Par ailleurs, on ne peut pêcher les écrevisses qu'un jour par an, et ce sont des écrevisses d'origine américaine, qui, à l'exemple des plants de vigne à l'époque du phylloxéra, sont réputées résistantes aux pollutions, de quelque nature qu'elles soient. C'est ainsi : en 1996, les écrevisses, comme les « sitcoms », les feuilletons ou la musique de variétés, viennent d'outre-Atlantique. La chanson des ruisseaux n'est plus la même, du moins pour moi : il me semble parfois que la voix de Michael Jackson vient altérer le chuchotis de l'eau qui accompagnait jadis celles de mes compagnons de jeu.

En fait de sauvagine, nous partions aussi à la chasse avec des lance-pierres qui ne tuèrent jamais le moindre volatile. Pourtant nous passions de longues heures à rechercher les meilleurs élastiques, la meilleure fourche de frêne, le plus solide cuir destiné à recevoir le caillou qui, projeté avec notre force d'enfants, n'atteignait pas souvent son but. Même s'il s'agissait de ces petites mésanges à tête noire, si peu farouches, qui ne s'envolaient qu'au dernier moment, une fois identifié le danger.

D'autres étaient difficiles à approcher, comme les bergeronnettes ou les pinsons, les rouges-gorges et les bouvreuils, ou totalement inaccessibles, comme les merles ou les grives. Mais nos approches, aussi savantes que vaines, avaient un grand mérite : elles nous donnaient à observer les bêtes et les insectes qui vivaient aux alentours : les libellules aux ailes de soie, les araignées d'eau, les papillons à tête de mort (dont la chasse fut également à la mode un été), les sauterelles au corset jaune et vert, les grillons (dont le chant est pour moi indissociable de la remise à farine de mon grand-père), les serpents, les mulots, les rapaces dont les cercles au-dessus des chaumes m'hypnotisaient, les chouettes lunatiques, les tourterelles au vol paresseux, et, merveille des merveilles, les écureuils qui apparaissaient parfois derrière un hêtre dont, à défaut de noisettes, ils croquaient les faines sucrées.

Nous avions nos chemins préférés : celui de Saint-Julien dont l'ombre était fraîche et les fossés tapissés de violettes ; celui qui, derrière ma maison, longeait le ruisseau et menait vers de grandes prairies carrelées par des haies où dominaient les chênes. C'est là que j'allais ramasser les glands pour les cochons, que je faisais provision d'orties pour les canards, de feuilles d'orme pour les vaches, d'œufs de fourmis pour les perdreaux d'élevage de mon père qui adorait les bêtes : nous avons eu jusqu'à dix chiens, trente faisans et autant de perdreaux, des pigeons, des serins, des chardonnerets, des cochons, des canards, des oies, des poules, que sais-je encore ?

Ce sont ces escapades dans la campagne qui m'ont donné la connaissance et l'amour des beaux arbres. Les ormes, les chênes, ensuite, sans doute les plus nombreux, et sous lesquels je me suis souvent baissé pour ramasser les glands, les frênes aux feuilles fragiles, les charmes aux troncs farineux, les peupliers d'Italie dont les fuseaux de cendre, l'hiver, m'émeuvent sans que je sache pourquoi, les aulnes près des ruisseaux, les érables, les hêtres, les saules, les sureaux dont les fleurs servaient à ma grand-mère à soigner les entorses, les églantiers aux fruits rouges appelés « gratte-cul », tant d'autres encore que je sais nommer à coup sûr, alors que mes enfants, nés dans une ville, en sont totalement incapables. Quel enfant connaît aujourd'hui la différence qui existe entre un orme et un charme, un hêtre et un frêne ? Ce qu'ils connaissent avant tout, ce sont les secrets des jeux vidéo, des films de science-fiction, des bolides qui les emportent vers des rêves, des horizons où je n'ai ni l'envie ni le goût de les suivre.

Certes, on peut très bien vivre sans savoir distinguer un orme d'un charme, mais cela me paraît caractéristique d'une évolution contestable. Prenons garde que, dans cent ans, si la tendance à se rassembler dans les villes ne s'inverse pas, les enfants, qui vivront dans des cités de cinquante kilomètres de long, ne puissent plus s'approcher le week-end des derniers arbres protégés par des barbelés. Mais je veux demeurer optimiste : je crois que cette tendance s'inversera et qu'ils trouveront beau de nouveau le chemin des forêts et des bois, des arbres et des plantes, des fleurs, des animaux, des insectes qui peuplèrent jadis les jeudis enchantés de ceux à qui ils doivent le jour.

Car ils me semblaient durer des siècles, ces jeudis dont les après-midi n'étaient pas moins lumineux que les matinées. En effet, afin d'attirer le plus d'enfants possible au catéchisme, le curé avait acheté un ballon de football en cuir, le seul et unique ballon de cuir du village ! Nous nous réunissions donc tous place de l'église pour des matchs qui n'avaient rien de catholique, tant ils étaient disputés. Je me souviens y avoir participé avec une profonde estafilade sur un mollet, provoquée par le bris de la pédale gauche de ma bicyclette. Ensuite, nous avions droit à une séance de cinéma, dans la grange du jardin, en face du presbytère. Ce n'étaient que des diapositives de *Tintin et Milou*, dont le curé lisait les répliques dans des bulles semblables à celles des bandes dessinées, mais c'était déjà le paradis : aucun, parmi nous, à sept ans, n'avait encore assisté à de vraies séances de cinéma; pas un, non plus, ne possédait la télévision dont je n'ai pour ma part aperçu la première image tremblante qu'au printemps de 1968, derrière les vitres d'un café encore auréolé, pour moi, aujourd'hui, de cet incomparable prestige.

Après ces réjouissances, venait le catéchisme dont les mystères me semblaient bien opaques, mais où cependant je me plaisais : l'église sentait la bougie, le buis et la fleur séchée et, tout près de là, le ronronnement du moulin conférait à ces minutes le charme de la paix éternelle, celle dont la sensation immédiate m'émerveille chaque fois que je lis, par exemple, la première phrase du roman de Giono intitulé *Regain* : « Quand le courrier de Banon passe à Vachères, c'est toujours dans les midi. » Encore l'une de ces « correspondances », qui illumine devant moi le porche d'un bonheur fragile et attirant.

Aujourd'hui, l'église est toujours là, identique à ce qu'elle était, la place également, où nous jouions à perdre haleine. Seul le jardin de curé a disparu, remplacé, comme il se doit, par du bitume. Qu'importe ! Je vais souvent me promener là-bas, je rôde sur la place en poursuivant un ballon imaginaire, puis j'entre dans l'église intacte pour respirer l'odeur des cierges et, fermant les yeux, pour écouter, dévasté par cette plongée dans les eaux profondes du temps, le ronronnement clairement perceptible d'un moulin qui s'est tu.

8

A la fin de juin, l'école s'achevait en longs
après-midi rêveurs et languissants. Déjà, le soir,
des chars tirés par des bœufs rouges, le mouchail
sur les yeux, ramenaient lentement vers les fenils
des chargements criblés de sauterelles. Des paysans à la peau couleur de brique dormaient les
yeux ouverts au-dessus des foins blonds. Des
chiens suivaient, tirant la langue, exténués. L'air
sentait la paille et l'herbe sèche. Leur parfum
arrivait en vagues épaisses que l'on aurait pétries
entre les doigts, comme de la farine, tandis que
les martinets, devenus fous de lumière, criaient
dans un ciel couleur de dragée.

Je sentais la liberté approcher à grands pas. Le
temps était suspendu au fil de ces journées torrides qui n'en finissaient plus de s'étirer vers les
soirs. Même la nuit savait se faire attendre. Je la
guettais le long des chemins, annoncée qu'elle
était par le chant des grillons. Elle coulait sur le
feuillage des chênes et des érables, s'approchait
des jardins avec des soupirs tièdes et furtifs.
Quand elle atteignait enfin les murs des maisons,
un peu de fraîcheur suintait du ciel où cligno-

taient, incertaines, les premières étoiles. C'était l'heure où les bêtes et les hommes se décidaient au sommeil. Quant à moi, je m'endormais fenêtres ouvertes, avec la délicieuse sensation d'être allongé au milieu d'un pré, le nez dans l'herbe, la nuit posée sur moi comme un drap de velours.

Dès l'aube, je partais rejoindre mes grands-parents qui fanaient. Nous étions quatre, alors, dans le matin où circulait encore la fraîcheur de la nuit : mon grand-père, ma grand-mère, mon frère et moi. Munis de râteaux aux longues dents de bois, nous écartions le foin coupé la veille, pour qu'il sèche au soleil. Il y avait, me semblait-il, mille ans que l'école était finie. Elle faisait déjà partie d'un autre univers, un peu comme ces étoiles qui s'éloignent dans le cosmos à une vitesse folle, et qu'on ne reverra jamais. D'ailleurs, avais-je jamais été à l'école ? Je ne le savais plus.

La lumière du matin était si claire que les oiseaux paraissaient la griffer, comme s'ils marchaient sur du verre. Les sauterelles étaient tout engourdies par la rosée que le soleil commençait à lécher d'une langue invisible. Des merles et des geais se querellaient dans les haies où le bleu sombre des prunelles se mesurait aux baies rouges des églantiers. Nous avancions lentement, attentifs à bien écarter les andains jaune et vert comme des ventres de tanche. Ma grand-mère chantait, surveillant d'un œil distrait nos travaux malhabiles. Qu'importait le travail ! J'avais le sentiment d'être né du matin, d'avoir trouvé en me levant un monde neuf, propre et clair comme la rosée qui baignait mes pieds.

Depuis ce temps-là, j'ai ressenti une ou deux fois cette impression de nouveau départ, de deuxième vie, et chaque fois mes pieds m'ont paru baignés par la fraîcheur limpide de la rosée. Il m'est arrivé alors de baisser la tête, et d'être terriblement déçu en constatant que mes sandalettes avaient été remplacées par des chaussures de ville. Il y a longtemps qu'on ne fabrique plus de sandalettes, et que la rosée descend plutôt sur mes yeux que sur l'herbe des prés.

Au fur et à mesure que la matinée s'avançait, l'air devenait plus épais, la chaleur accablante. Ayant fait sécher leurs pattes et leurs ailes, les sauterelles, maintenant, bondissaient. Nos bras, eux, se fatiguaient, et les dents des râteaux se plantaient de plus en plus souvent dans les mottes de terre.

— Il n'y en a plus pour longtemps, disait ma grand-mère ; encore un petit effort, on va bientôt se reposer.

C'était le plus souvent mon grand-père qui achevait le travail, tandis qu'à l'ombre de la haie nous aidions ma grand-mère à mettre la table sur une vieille couverture que je ne vis jamais employée qu'à cet usage. Enfin mon grand-père arrivait, s'asseyait, repoussait sa casquette vers l'arrière, buvait un grand verre de vin frais, coupait du pain. Salade de tomates, pâté de tête, poulet froid, fromage, limonade : c'était le festin de l'année. Nul ne parlait. Le regard de mon grand-père se perdait loin là-bas, à l'autre bout du pré, et je me demandais, avec un peu d'anxiété, s'il pensait, devant cet horizon à fleur de terre, à l'ennemi qu'il avait guetté à vingt ans, dans une campagne lointaine. Mais non, son regard revenait vers nous, et le jour, de nouveau, s'illuminait. Ma grand-mère, comme à son habitude, souriait. Que pouvait-il arriver, aujourd'hui, qui ternirait cette lumière? Rien, je le savais. Rien n'avait d'ailleurs existé avant ce jour de juin, qui ne verrait jamais venir la nuit. Le temps, brusquement, avait pris des dimensions que je ne lui connaissais pas, excepté, peut-être, durant ces heures d'étude qu'un immense poète épaississait de son ombre géante.

Venait le moment où, pour laisser passer la plus grosse chaleur, nous faisions la sieste à l'ombre de la haie. Mon grand-père posait sa tête sur sa musette, rabattait sa casquette sur son visage, et s'endormait aussitôt. Couché sur la couverture, entre ma grand-mère et mon frère, je n'y parvenais pas. C'était comme si j'avais voulu prolonger quelque chose de rare dont, dans le sommeil, se serait dilué l'essentiel. Car je devinais que cette clarté, ces présences palpables m'étaient aussi précieuses que l'air que je respirais, un air d'un cristal trop pur pour ne pas un jour se briser.

Pour cette raison, aussi, mon frère se levait sans bruit et, sous l'œil indulgent de notre grand-mère, nous partions à la recherche des nids dans la haie. Elle dissimulait un fossé où il n'était pas très difficile de se glisser. Cet antre sombre nous donnait inévitablement l'envie de construire une cabane où nul autre que nous ne pénétrerait. Cette entreprise nous occupait jusqu'au moment où ma grand-mère nous rappelait pour reprendre le travail. Il s'agissait alors de retourner les andains du matin, afin qu'ils ne gardent aucune goutte d'humidité.

Nous nous y employions dans la chaleur épaisse de l'après-midi silencieux, jusqu'à ce que, enfin, s'allonge l'ombre des haies et que la campagne prise de langueur se mette à mieux respirer. L'air, maintenant, sentait l'éteule et l'aubépine. Des appels montaient dans les prés voisins, où de lourdes charrettes se mettaient en mouvement. L'après-midi s'étirait sous un immense four qui suscitait des rêves d'eau fraîche. Il me semblait que nous n'arriverions jamais au bout du pré, mais mon grand-père nous délivrait en disant :

— Je finirai.

Nous rentrions lentement sur le chemin qui longeait le ruisseau, marchant derrière ma grand-mère, dont les cheveux blancs, malgré les deux petits peignes d'écaille, s'échappaient du chignon. Des libellules agrafaient de leurs pattes menues les tiges vertes des rives.

— On va arriver, petits, disait ma grand-mère.

Nous arrivions, en effet, et, assis sous le pommier, nous buvions de grands verres de vin clairet coupé d'eau fraîche en observant négligemment les poules et les canards qui s'ébattaient autour de nous. Ma grand-mère guettait mon grand-père, qui tardait à apparaître. Elle s'impatientait, car ils avaient encore à traire les vaches, à livrer le lait, à préparer le repas du soir qu'ils prenaient seuls, du fait que mon frère et moi devions rentrer chez nos parents. Pourtant, je ne consentais pas à partir sans les accompagner quelques instants dans l'étable pour écouter chanter le lait dans la cantine. Après quoi, les ayant embrassés, je rentrais.

C'était l'heure où les maisons ouvraient leurs

fenêtres pour laisser pénétrer l'air du soir. Sur la route, l'odeur du crottin des chevaux ferrés par le maréchal, exaspérée par la chaleur, nous accompagnait jusqu'à notre maison, où nous mangions toutes portes ouvertes sur ces parfums puissants, au milieu desquels s'élevait bientôt celui des jardins arrosés par des mains attentives. Des aboiements de chiens dans la cour des fermes disputaient la sonorité de l'air à la ronde des hirondelles au-dessus des toits. La nuit était encore lointaine, mais je n'avais presque pas la force de manger. Je montais dans ma chambre et je m'écroulais sur le lit pour revivre ces heures lentes et profondes dans la pensée desquelles je m'enfouissais comme un oiseau dans son nid de duvet.

Heureusement, le lendemain, tout recommençait : nous retournions au pré pour bâtir de petites meules qui se fondraient en deux ou trois grandes l'après-midi, avant que la charrette ne vienne les chercher. C'était le dernier soir des fenaisons, celui que je préférais, que j'attendais depuis des mois, car je n'aurais laissé ma place à personne dans le fenil au-dessus de l'étable. Là, tandis que des hommes déchargeaient la charrette en hissant le foin à la pointe des fourches, mon grand-père, mon frère et moi, nous devions le répartir et l'entasser à pleins bras, à pleines cuisses. D'épaisses bouffées d'herbe sèche, à l'âcreté violente, pénétraient au fond de mes poumons, m'enivraient. Couvert de sueur, titubant jusqu'à l'épuisement, je m'enfonçais bien au-delà des genoux dans cette mer suffocante où j'aurais voulu m'engloutir à jamais.

Aujourd'hui, quand je repense à ce fenil donnant sur l'extérieur par une minuscule fenêtre, mes jambes tremblent, ma bouche s'ouvre, j'inspire profondément pour chercher un air rare, et l'ivresse de mes dix ans me submerge. Parfois aussi, en juin, quand je m'échappe de la ville, je m'arrête au bord d'un pré, je descends de voiture et je ramasse une poignée de foin sec que j'emporte comme le plus précieux des trésors. Je la cache dans mon jardin et je la garde un jour, deux jours, une semaine, le temps de bien la respirer. Alors, fermant les yeux, j'entends le bruit des fourches contre le rebord en ciment de la fenêtre, je revois la chemise bleue, les bretelles et la ceinture de flanelle de mon grand-père qui n'en finit plus de fouler le foin, dans un fenil où il m'attend désormais avec le regard indulgent des hommes qui n'ont plus de colère.

Les fenaisons coïncidaient le plus souvent avec le feu de la Saint-Jean. Trois jours auparavant cette fête attendue, chacun apportait son tribut au foyer que l'on dressait dans le pré voisin du foirail. Il s'agissait de poutres, de planches, de vieux meubles, de bottes de paille, de tout ce qui pouvait brûler et dont on se débarrassait à cette occasion. L'ensemble était dominé par un petit arbre, chêne de préférence, et couronné de guirlandes de toutes les couleurs. Pour les enfants que nous étions, cette soirée représentait à la fois une fête et la possibilité de veiller tard dans la nuit en toute liberté.

Nous arrivions donc les premiers sur les lieux, le soir de la Saint-Jean, avant que la nuit tombe, et nous jouions dans le pré, courant à perdre haleine, tournant autour du foyer comme des guêpes folles autour des pressoirs, un jour de vendanges. Les femmes suivaient, après avoir fait leur vaisselle, menant par la main leurs enfants en bas âge ; puis les hommes, qui s'étaient rassemblés par petits groupes pour discuter. La nuit descendait lentement sur la vallée, traînant derrière elle de longues écharpes laiteuses. Le moment tant attendu approchait, mais les derniers préparatifs le retardaient toujours, exacerbant notre impatience : on installait une table à proximité, sur laquelle monterait l'accordéoniste que l'on avait convié.

Enfin la nuit recouvrait le village, épaisse de la chaleur du jour que pas la moindre brise n'avait dissipée. Les chants commençaient à s'élever, tandis que le maire s'apprêtait à allumer la paille dissimulée entre les planches. Et soudain tout s'embrasait : une immense flamme orangée illuminait la nuit, jetant des étincelles, pétaradant, fumant, accompagnée par des cris et des chants dont l'écho semblait se répercuter jusqu'au bout de la terre. Alors les premiers grincements de l'accordéon se faisaient entendre et les adultes se mettaient à danser autour du foyer qui paraissait croître de minute en minute. Nous ne dansions pas : nous courions autour du feu, la peau cuisant déjà de la trop grande proximité des flammes, criant, chantant n'importe quoi, ivres de liberté, de lumière, de fatigue, déjà, mais soutenus par une joie venue du fond des âges, de la vie même, de la conscience confuse d'être vivants.

Il arrivait un moment où le foyer, au plus fort de sa vigueur, nous obligeait à reculer de quelques mètres. Nous prenions alors un peu de repos dans l'herbe en regardant danser les grandes personnes qui trébuchant parfois sur l'herbe bosselée du pré, tombaient en riant. Puis nous repartions de plus belle, couverts de sueur, guettant l'instant où, le foyer diminuant, nous pourrions sauter pardessus. Les plus grands s'y hasardaient déjà, et se brûlaient, comme il se doit, avec des rires qui les faisaient grimacer, tandis que les plus vieux, se souvenant des usages du passé, s'asseyaient dos au foyer, dont la chaleur était censée les protéger du mal de reins.

A force de danser, de chanter, de courir, le temps passait et les flammes perdaient de leur force. Il était un peu plus de minuit quand il ne restait plus qu'un large tas de braises fumantes. Les garçons s'élançaient pour sauter le foyer, cherchant à entraîner parfois une fille qui deviendrait ainsi leur promise : nul n'ignorait cette coutume venue du siècle dernier et propagée de génération en génération jusqu'aux plus jeunes. Ensuite, c'était le tour des hommes, qui, avec l'âge et le poids, étaient devenus un peu moins agiles, enfin celui des enfants quand le foyer ne présentait plus la moindre menace.

A la fin, grands et petits s'asseyaient en cercle et, la fatigue aidant, regardaient se consumer les dernières braises, tandis que l'accordéon résonnait plaintivement dans la nuit. Une sorte de mélancolie tombait alors sur le monde, comme chaque fois que les lampions d'une fête s'éteignent, et que l'on se demande si l'on verra la prochaine. Mais personne n'était pressé de rentrer. Nous restions là, serrés les uns contre les autres, repoussant l'heure où la nuit se refermerait sur le pré, plus épaisse, plus opaque qu'elle n'avait jamais été. Ensuite, les hommes et les femmes se mettaient à discuter de tout et de rien, et nous en profitions pour repartir vers des jeux auxquels l'obscurité conférait un charme indéfinissable. Puis des voix appelaient dans la nuit, et il fallait renoncer à ces instants magiques, malgré notre certitude de ne pouvoir trouver le sommeil.

Ainsi débutaient de lumineux étés, qui ouvraient devant moi des espaces infinis, des vacances dont j'étais certain qu'elles ne se termineraient jamais.

9

Interminables et lumineux sont bien les adjectifs qui conviennent à ces débuts d'après-midi dont la chaleur nous contraignait, malgré notre désir d'aller courir les chemins, à demeurer à l'intérieur, écoutant, pour tromper le temps, l'arrivée des étapes du Tour de France sur l'un de ces vieux postes, qui, avant les transistors, tenaient une place imposante dans les cuisines ou les salles à manger. Bartali et Coppi menaient la vie dure à Bobet, que menaçaient également des Belges aux noms imprononçables, le Luxembourgeois Charly Gaul et Federico Bahamontès, l'Espagnol que la montagne inspirait.

Dès que l'interdiction de sortir était levée par ma mère, si je n'avais pas pu écouter les résultats du jour, je courais devant la vitrine du marchand de journaux qui, sur une ardoise noire, affichait le classement général et celui de l'étape. Avec un peu de chance, j'arrivais au moment où, sur le pas de sa porte, il les commentait avec le coiffeur qui lui faisait face, célébrant les mérites des héros du peloton qui venaient d'escalader l'Aubisque ou le Tourmalet.

Grâce à mon père qui nous y conduisait, je retrouvais ces héros mythiques le 15 août, lors de la course cycliste d'un village voisin, d'où je revenais ébloui d'avoir aperçu ces légendes vivantes, exceptionnellement livrées à l'admiration des simples mortels que nous étions.

Une fois remplis mes devoirs à l'égard des coureurs cyclistes, je partais rejoindre B. le long des ruisseaux. C'était un braconnier qui habitait une roulotte située en face de la gare, et qui m'avait fait l'honneur d'accepter ma présence tout en m'initiant à la pêche à la main, durant les périodes de grande sécheresse. Il était très brun, comme les gitans, vêtu d'un simple maillot de corps et d'un pantalon de toile tenu par une ficelle, avait des yeux noirs et une sorte de félinité qui le rendait inquiétant. Je savais où le trouver, car il ne fréquentait que les gours profonds dont l'étiage d'été rendait exceptionnellement accessibles les caches les plus secrètes. Comme il n'aimait pas être surpris, je froissais volontairement les feuilles des arbres, et je m'annonçais. Une fois qu'il m'avait identifié, prêt à se fondre dans le paysage, il reprenait sa traque, penché vers l'eau sombre, le bras immergé jusqu'à l'épaule. Je savais que le succès était proche quand son bras s'immobilisait, et j'imaginais sa main caressant les écailles avant de se refermer sur les ouïes. Il se redressait alors comme un diable jaillissant de sa boîte, un énorme chevesne éclaboussant l'ombre des frondaisons. J'ouvrais le sac dans lequel il faisait prestement disparaître son butin, reprenant déjà sa quête fiévreuse, habité qu'il était par une passion folle des poissons.

Un jour, devant mes yeux incrédules, sans l'ombre d'une égratignure, il souleva un brochet de quatre-vingts centimètres Moi qui connais aujourd'hui le danger qu'il y a à se faire prendre les doigts sous les dents de rasoir des brochets et des truites, je me demande si cet homme ne bénéficiait pas d'un charme capable d'endormir les poissons. D'ailleurs, il n'avait rien d'ordinaire, ce braconnier des ruisseaux : il prétendait entretenir des relations amicales avec le préfet et avec le colonel de gendarmerie du chef-lieu. Qui était-il vraiment ? Je ne l'ai jamais su. Mais ces longs après-midi de rapine en sa compagnie dans la chaleur pesante de l'été demeurent des moments sur lesquels plane encore un sortilège dont je n'ai jamais compris la nature. On m'a dit qu'il vient de mourir et que son fils a pris la relève. Je me propose de revenir à la première occasion sur les berges du ruisseau où le père, tel que je l'ai connu, a sûrement enseigné ses secrets à celui que j'ai vu, tout enfant, passer son temps à courir vainement après celui auquel il devait le jour.

Le plein été, c'était aussi et surtout les moissons. Certes, mon grand-père ne cultivait pas de champ de blé, mais le village était périodiquement ébranlé par le vrombissement de la batteuse qu'un entrepreneur promenait de ferme en ferme, pour des journées de travail aussi pénibles qu'arrosées par les festins de midi et du soir. En effet, les paysans ne possédaient pas encore ces moissonneuses-batteuses qui ont relégué dans les champs le travail qui s'effectuait à l'époque sur les aires de battage. C'est là que je venais assister à l'arrivée du monstre et à sa mise en route, dans un vacarme de courroies, de cliquetis, de halètements, de mécanismes broyeurs et redoutables. Et notamment sous un grand chêne, dans la cour de la plus grande ferme du village (que l'on retrouve aussi dans beaucoup de mes romans), qui appartenait à des amis et dont l'accès m'était autorisé.

Le battage débutait le matin de bonne heure, mais, déjà, j'étais là. Les hommes, en chemise et pantalon de toile, un mouchoir autour du cou, prenaient le poste qui leur avait été affecté par le patron : certains apportaient les gerbes, d'autres les enfournaient dans la gueule du monstre, d'autres s'occupaient de la paille, d'autres encore récupéraient les grains dans les sacs que les derniers, au bout de la chaîne, emportaient dans la remise. L'entrepreneur et son aide veillaient au bon fonctionnement de la machine d'où s'élevait une épaisse poussière de grain et de paille dont je sens encore dans ma gorge l'odeur âcre et pénétrante. Des femmes passaient régulièrement pour donner à boire du vin frais qu'il n'était pas d'usage de couper d'eau.

A midi, tout ce monde, épuisé, avec un air un peu hagard, se dirigeait vers les tables dressées à l'ombre pour un festin que prolongeait une sieste dans les granges. Puis, vers trois heures, le vacarme infernal s'élevait de nouveau, provoquant l'aboiement furieux des chiens qu'il fallait enfermer. J'étais toujours là, hypnotisé par le monstre et ceux qui le chevauchaient, les yeux irrités par la poussière mais incapable de m'éloigner, en lisière d'un monde où je regrettais de ne pas être admis.

Une année, pourtant, comme de moi-même

j'avais pris l'initiative d'aider celui qui emportait la paille, on m'invita au repas du soir. Le battage s'étant terminé tard, il faisait nuit. Nous avons mangé à la lueur des lampes, sous les étoiles, dans une paix que le silence retrouvé rendait plus précieuse encore, et je n'ai jamais pu oublier ce festin près des hommes épuisés, dont le regard m'enseignait le bonheur du travail accompli dans l'amitié du pain partagé. C'est de ce soir-là que date ma conviction d'avoir connu la vie qui convient vraiment aux hommes de bonne volonté... et de l'avoir oubliée, ensuite, emporté que j'ai été par le tourbillon d'une vie différente et bien difficile parfois.

Le souvenir de ces moissons ne cesse de me hanter. Il me rattrape chaque été, à l'occasion des fêtes votives où l'on veut attirer les touristes, car il est devenu à la mode de présenter un spectacle de moissons à l'ancienne. Cette farce me remplit de fureur. J'y vois des hommes feignant de réaliser les gestes qui les nourrirent jadis, singeant ce qu'ils possédaient de plus sacré : le travail pour le blé et le pain. Ce côté « derniers Indiens de la réserve » voués à jouer un rôle pour survivre me révolte. L'an passé, au cours de ce pauvre spectacle, j'ai vu un vieillard pathétique tenter d'esquisser les gestes qu'il faisait il y a trente ans, devant l'appareil photo d'un individu hilare coiffé d'une casquette publicitaire. A un moment donné, il s'est mis à trembler et ses yeux se sont emplis de larmes. Son regard a croisé le mien. Il a vu que j'avais compris. Accablé, il a quitté son poste et il est parti d'un pas fatigué vers sa maisonnette, au milieu du village. Je l'ai suivi. Un peu plus loin, il s'est retourné et m'a demandé qui j'étais. Je le lui ai expliqué et il a paru rassuré. Il a fait encore quelques pas, puis il s'est de nouveau tourné vers moi, et, les yeux dévastés, il m'a demandé d'une voix qui tremblait :

— Qu'est-ce qu'on est devenus, nous autres, maintenant ?

Je n'oublierai jamais la détresse de ce regard. Il me poursuit comme me poursuit le souvenir des moissons de mon enfance, et me fait mesurer à quel point ont changé ces villages dont les volets se ferment les uns après les autres, la jachère achevant désormais l'ouvrage d'un exode implacable. Personne ne connaît le prix qu'il faudra payer pour inverser un jour cette tendance suicidaire et tragique. Personne, pas même ce vieillard écrasé de chagrin dont je sens encore sur mon bras la poigne désespérée.

Voilà qu'elles nous ont entraînés bien loin, ces moissons des années cinquante, dont je garde aussi la sensation précise de chaleur accablante — ah ! ce terrible été 54 ! — qui nous poussait vers l'eau des ruisseaux où nous passions des heures à nous ébattre en short, malgré l'interdiction qui nous était faite de nous y baigner. C'était en effet l'époque où sévissait la poliomyélite, et nos parents pensaient que le virus se trouvait dans les impuretés de l'eau.

Cela ne nous empêchait pas, toujours en cachette, de franchir de temps en temps les six kilomètres qui séparaient le village de la Dordogne où, sur une plage de galets, nous attendaient des jeux et des aventures d'une autre dimension.

Cette plage, d'une centaine de mètres à peine,

était située sous un pont suspendu et face à un grand courant qui, le long de la rive opposée, courait follement vers l'aval. Tout le monde savait que la Dordogne était dangereuse à cause de ses trous creusés par les dragues, de ses courants et de ses galets moussus sur lesquels il était très difficile de se tenir en équilibre au moment où l'on reprenait pied. Il y avait des noyades tragiques chaque année, mais quel était l'enfant qui ne rêvait d'aller s'y aventurer ? Le jeu principal consistait donc à nager vers le courant, à s'y frayer un passage, puis à se laisser porter vers un calme qui, deux kilomètres plus loin, permettait de se rétablir sans effort. De là, nous remontions à pied, parmi la végétation touffue des rives où nous étaient tendues des embuscades amicales qui se terminaient dans le sable blond des anses visitées en hiver par les crues. Et cela deux ou trois fois dans un après-midi, si bien que nous avions à peine la force de pédaler pour rentrer au village où nos parents nous examinaient d'un œil circonspect, sans se douter pourtant de l'ampleur de notre désobéissance.

Le dimanche, c'était avec eux que nous partions sur les rives de la Dordogne, pour des pique-niques qui souvent se prolongeaient jusqu'au soir, attentifs que nous étions à épuiser le bonheur simple d'une époque à nulle autre pareille. Nous ne pouvions nous baigner en leur présence, mais la pensée des longues dérives de la plage nous suffisait pour retrouver le frisson inégalable des plaisirs défendus. Nous nous contentions alors d'établir des barrages de galets en bordure de l'eau, et de piéger les garlèches attirées par les nuages de sable. Je ne dirai jamais assez combien la Dordogne et ses rives furent pour nous un lieu enchanté, durant ces étés où la passion de l'eau nous incitait à toutes les imprudences.

C'est sans doute à ces heures éblouissantes que je dois d'avoir écrit *La Rivière Espérance*, dont les longues dérives sur les courants et les échouages sur les plages de galets m'ont été dictés par les sensations d'une époque où je ne mesurais pas la profondeur du lit qu'elles creusaient en moi, pareilles à ces crues qui changent le cours des rivières comme le flot des souvenirs, parfois, transforme les vies.

10

Si je passais d'ordinaire les grandes vacances au village, celles de 1956 me conduisirent au lieu-dit la Brande, près de Sarlat, chez ma grand-mère paternelle, à qui j'ai consacré un livre[1], tellement son souvenir est demeuré vivant au fond de moi. C'était une femme très fragile et très forte à la fois, à la peau fine, à la voix douce et dont les yeux avaient la transparence secrète des fontaines. Elle vivait dans une modeste maison qu'elle avait achetée avec son mari au prix de grands sacrifices, dont un long exil dans les Ardennes. Ancien maçon revenu de la guerre avec une main atrophiée, il s'était engagé comme surveillant de travaux dans les grands chantiers de reconstruction, et, une fois là-haut, loin du Périgord, il n'avait songé qu'à une seule chose : économiser pour s'acheter un petit bien et revenir au pays le plus vite possible.

Ils avaient donc acquis cette maisonnette assise sur une colline, d'où l'on apercevait, en bas, la route de Sarlat à Montignac, et quelques

1. *Adeline en Périgord.*

terres attenantes où ils cultivaient un peu de vigne, de maïs, de luzerne pour les bêtes, et des légumes dans un beau jardin impeccablement tenu. Ils vivaient de peu, à l'image de mes grands-parents maternels, auxquels ils ressemblaient beaucoup : même force, même violence chez les hommes, même bonté, même fragilité chez les femmes.

Quand je suis allé en vacances à la Brande, mon grand-père était mort depuis deux ans — c'était un jeudi matin, le téléphone a sonné, et ma mère est partie à la recherche de mon père qui était en tournée pour lui annoncer la terrible nouvelle. Je n'avais que sept ans, mais je me souviens très bien du fait que, ce matin-là, on nous empêcha, mon frère et moi, de nous amuser et de rire.

J'ai très peu connu ce grand-père, sauf pour l'avoir côtoyé chez nous quand il venait à bicyclette : cinquante kilomètres le matin à l'aller, et cinquante le soir au retour. Je revois sa casquette plate, à visière, que j'ai un jour fait tomber dans un geste dont la témérité me frappe seulement aujourd'hui, et de ses yeux d'un noir si profond, si violent qu'il faisait détourner aussitôt le regard. Mais j'en ai assez entendu parler pour savoir quel homme de fer il était, et comment il se coltinait avec un monde qui l'avait trahi, lui ôtant l'un des seuls outils qui lui permettaient de vivre : sa main droite grâce à laquelle il taillait les pierres depuis son plus jeune âge.

Ma grand-mère vivait seule, dans cette petite maison composée d'une grande cuisine où trônait un cantou, cette cheminée sombre dans laquelle ronronnaient ses faitouts, et deux chambres en enfilade, la sienne d'abord, étroite et longue, puis celle où je dormais, blanchie à la chaux, au bas d'une marche sur laquelle je trébuchais toujours, tant elle était, à cet endroit, inattendue. La cuisine, noire de suie, sentait bon l'ail et la graisse d'oie. Elle s'ouvrait sur une cour délimitée par une étable, une cave et une remise dans laquelle elle entreposait ses outils. Pas d'eau courante, bien sûr : il fallait aller la chercher à la fontaine, qui se trouvait au bas de la colline, dans un petit bois qui l'ombrageait délicieusement et où l'on pouvait se reposer avant de remonter.

Ma grand-mère avait plus de soixante ans, à ce moment-là, mais elle assumait toujours la corvée, habituée qu'elle était à hisser les seaux au sommet d'une pente abrupte dont elle ne se plaignait jamais, puisqu'elle donnait accès à son seul bien, sa seule richesse, et qui était située à moins de cinq kilomètres de l'endroit où elle était née. Simplement, en bas, à la fontaine, elle s'asseyait volontiers pour prendre des forces avant de remonter. Pendant ce temps, je jouais avec les tritons qui dormaient sur le sable du fond, ou je la regardais, assise sur la margelle, pensive, comptant peut-être, dans sa tête, le nombre de trajets qu'elle avait effectués jusqu'à cette fontaine qui avait la couleur de ses yeux.

Son tablier gris aux poches pleines d'objets mystérieux — elle ne laissait rien perdre et se courbait sans cesse pour ramasser ce qui ne lui servirait peut-être jamais — me semblait la plus élégante des toilettes, et de ces journées demeure en moi la certitude qu'il n'y a de vraie beauté que sobre et délicate.

Elle parlait peu. Je me demande même si elle nous voyait vraiment, mon frère et moi, et si déjà elle ne ressentait pas les effets de cette maladie qui, plus tard, l'éloignerait de nous par des « absences » de plus en plus fréquentes, où elle se perdait, un étrange et très doux sourire posé sur ses lèvres fines.

Pourtant elle parlait volontiers à son fils aîné et à sa bru qui venaient souvent à la Brande, mais c'était en patois. Peut-être était-ce simplement l'obligation de parler français avec nous qui la rebutait, l'empêchait de communiquer autrement que par des regards dont, en écrivant ces lignes dans un frisson, je ressens la fabuleuse caresse. D'ailleurs, sa voix n'était qu'un murmure, et je ne l'ai entendue l'élever qu'une seule fois, un jour, au marché, devant une femme qui maltraitait ses légumes.

Ah ! ces marchés de Sarlat ! Comment les aurais-je oubliés ? Nous nous levions de bonne heure, ces matins-là, car la route était longue, et nous nous y rendions à pied. Je me hâtais de déjeuner pour l'aider à remplir la carriole de légumes — les plus beaux que j'aie jamais vus — et nous partions, sur le chemin qui, passant entre les vignes et la luzerne, rejoignait la petite route de Sarlat à Temniac. Puis nous tournions à droite, passions sous le pont de chemin de fer et commencions à descendre vers la ville entre les maisons crépies d'un ocre qu'on rencontre seulement en Dordogne, et des jardins qui révélaient une vie paisible et ménagère, cernés par des clapiers ou des poulaillers tapis dans des îlots de verdure.

Je n'ai jamais trouvé long ce trajet qui couvrait pourtant plus de trois kilomètres, tellement j'étais heureux de marcher dans la rosée tombée au revers des fossés, sans doute comblé par la présence de cette femme qui trottinait devant moi, se retournant de temps en temps pour vérifier si j'étais toujours là, et dont le parfum — qui, dans ma mémoire, tient à la fois de l'eau de Cologne et de la lavande — me parvenait en vagues fraîches, malgré la chaleur qui descendait d'un ciel bleu écru.

Au moment d'aborder la grand-rue de la ville, il me semble qu'elle ralentissait, comme à l'approche d'un danger. Elle était si fragile ! Aussi, je me rapprochais d'elle, tenant d'une main la carriole, tandis qu'elle avançait, tête droite, ses cheveux blancs rejetés soigneusement vers l'arrière, avec ce léger sourire aux lèvres dont je ne sus jamais à qui il était destiné.

Une fois dans la ville, elle empruntait la « traverse », cette grande avenue qui est son artère principale et la sépare en deux parties comme un sillon de prune, puis nous tournions à gauche et suivions une ruelle moyenâgeuse qui descendait vers la place de l'Hôtel-de-Ville où se tenait le marché. Monde coloré, bruyant, encombré de charrettes, d'étals, de carrioles, de paniers de volailles, qui me sautait brusquement au visage et me faisait me serrer contre le tablier noir, ce « devantal » des paysannes périgourdines, dont la poche centrale était un antre mystérieux.

Elle s'arrêtait dans un renfoncement de l'église, comme pour ne pas être vue, relevait le vieux linge qui protégeait les légumes, se reculait d'un pas, et attendait sagement les clientes. Moi, je ne bougeais pas. Je n'osais pas la regarder. J'appréhendais, sans doute comme elle, le moment où elle devrait faire face aux femmes de la ville qui marchandaient les prix, soupesaient les légumes, parfois les reposaient sans précaution, ce qui les abîmait. D'où l'unique colère, ou plutôt l'unique révolte qui l'embrasa jamais, bien peu violente au demeurant, à l'image de sa nature, et qui s'exprima seulement par ces mots :

— Oh! Dites! S'il vous plaît!

En patois, bien sûr. J'eus l'impression qu'elle protégeait ses légumes un peu comme ses enfants, et la conviction qu'elle n'avait pas assez de force pour les défendre. C'est pourquoi je refusais de m'éloigner quand elle me le proposait, murmurant de sa voix douce :

— Va voir un peu les gens du monde.

Non, je ne le pouvais pas. Au fur et à mesure que le temps passait, il me semblait qu'elle s'habituait un peu, qu'elle se détendait, et j'étais au comble du bonheur quand je la voyais enfouir prestement les piécettes dans la poche de son « devantal », ces pièces qui m'émouvaient tant, car je savais qu'elles représentaient sa seule richesse. Elle en avait peu, mais elle m'en donnait une vers midi, quand, ayant tout vendu, elle discutait avec une ou deux parentes venues au marché.

Je revois encore ce geste de la main droite qui prend les pièces — jamais, dans ma mémoire, le moindre billet —, demeure un instant suspendue devant ses yeux, puis redescend vers la poche du tablier. J'ai dit dans le livre qui raconte sa vie que c'est grâce à elle que j'étais devenu riche, à tout jamais. Je ne saurais mieux dire, en écrivant ces lignes, toujours aussi persuadé que je suis que le seul trésor qui compte c'est celui que l'on peut emporter avec soi quand l'heure est venue. Car elle était plus heureuse de ces quelques pièces que si elle avait été couverte d'or. Je le sais. J'en suis sûr. Et il m'arrive souvent d'y penser aujourd'hui, comme il m'arrive, chaque fois que je vais à Sarlat, de me poster à l'angle de l'église où nous restions debout derrière la carriole à deux roues, de m'y attarder un moment, et, fermant les yeux, d'entendre le brouhaha joyeux d'un marché qui ne ressemble plus du tout à ce qu'il a été : les camions ont remplacé les charrettes, et ce passé, aussi, s'est éteint, comme s'éteignent les étoiles au matin d'un nouveau jour, dont on ne sait s'il sera de soleil ou de pluie.

Pourtant, il y a quelques mois, tandis que je signais mes livres et spécialement celui que j'ai consacré à ma grand-mère, une lueur s'est rallumée, d'une tiède douceur, quand une voix a murmuré devant moi :

— Je l'ai bien connue, vous savez, d'ailleurs vous parlez de moi dans votre livre.

La dame était très âgée, avec des cheveux blancs, un grave et beau regard, et souriait.

— Je suis celle que vous appelez Madame D. L'institutrice de votre père et l'amie de votre grand-mère.

Le choc. Terrible. Bouleversant. Ébranlement de l'espace et du temps. J'étais persuadé que tous les témoins de cette époque étaient morts depuis longtemps.

— Elle était exactement comme vous le dites.

— Merci, madame.

J'aurais voulu la retenir, parler, parler encore et faire provision de tout ce que je croyais perdu, mais nous n'étions pas seuls. Je n'ai pas pu retenir ce témoin essentiel ni lui demander son adresse, et j'ai laissé filer entre mes doigts pétrifiés la corde qui m'avait amarré un instant à un quai couvert de lumière. Depuis, je vis avec ce remords que toutefois tempère le souvenir de mes vaines factions derrière les vitres de mon école, où ne subsiste pas la moindre carte de géographie accrochée au mur. Je m'efforce de croire que le passé est bien plus vivant, bien plus préservé au fond de moi qu'il ne l'est dans la réalité. On se soigne comme on peut des blessures du temps.

Rien, d'ailleurs, ne m'empêche de refaire pas à pas le trajet du retour vers la Brande, midi passé depuis longtemps, un illustré dans les mains (*Kit Carson* ou *Les Pieds Nickelés*), avançant lentement dans la chaleur du jour, heureux comme ma grand-mère de voir la carriole vide et de savoir les pièces bien à l'abri au fond du tablier. Je suppose qu'elles étaient à l'arrivée soigneusement rangées dans une boîte d'où elles ne sortaient jamais, car je ne me souviens pas de lui avoir vu faire des provisions. Elle vivait de ce qu'elle produisait, depuis toujours : œufs, légumes, volailles, lapins, fruits, troquant, me semble-t-il, quelques-unes de ces richesses avec les paysans voisins pour obtenir ce qui lui manquait.

Ainsi du beurre, d'un jaune orangé, que je n'ai mangé que rance mais qu'elle trouvait excellent.

Elle avait raison. Il faut avoir mangé de ce beurre-là quand on est enfant pour connaître la valeur des choses. Pour ma part, rien qu'en l'évoquant j'en ai encore le goût dans la bouche, mais ce n'est pas celui de la pauvreté, c'est celui du bonheur.

Nous arrivions épuisés à la Brande, mais elle se mettait aussitôt en cuisine, réchauffant la soupe de pain sur le trépied en fonte, préparant la salade de tomates et l'omelette, toutes deux d'une saveur inoubliable, propre à cette cuisine effectuée selon un rite séculaire sur les braises du bois. Tandis que nous mangions, mon frère et moi, elle restait debout, ainsi qu'elle en avait pris l'habitude.

— Pourquoi ne t'assieds-tu pas ? demandions-nous.

Elle souriait, ne répondait pas.

— Mais assieds-toi donc !

Elle était contente, je crois, que ses petits-enfants lui parlent ainsi, même si elle ne nous écoutait jamais, guettant sans doute dans l'ombre la silhouette de l'homme à qui elle avait consacré sa vie.

Parfois, quand nous restions près d'elle, attentifs à l'aider, lui posant toutes sortes de questions, elle nous disait :

— Allez jouer, petits, profitez du soleil.

A l'autre bout des terres — trois cents ou quatre cents mètres, pas plus, mais dans ma mémoire plus d'un kilomètre car les jambes des enfants sont plus courtes que celles des hommes — se trouvait la maison d'un de mes oncles qui avait cinq enfants. Nous nous amusions volontiers avec eux, dans une insouciance totale qui n'excluait pas le danger. Nous escaladions en effet un grand talus vertical qui bordait la route de Temniac, pour nous hisser, en haut, sous les fougères d'un bois de châtaigniers où nous avions construit une cabane, refuge absolu contre les adultes et les corvées de quelque nature que ce soit. Non que leurs parents fussent sévères — ils étaient tous deux braves et bons — mais il était naturel à l'époque de faire exécuter par les enfants les tâches ménagères auxquelles on n'avait pas le temps de faire face. D'où ces refuges lointains, les cachettes, les cabanes blotties au fond des bois; bois de châtaigniers, comme il se doit, et de fougères aux crosses épaisses, dont le parfum est toujours associé en moi à celui des cèpes et des girolles.

En dehors du refuge, nous courions d'une maison à l'autre, entre les vignes et les maïs, nous nous occupions des bêtes — mon oncle avait des paons, et c'est à lui que j'ai pensé en découvrant le Bobi de *Que ma joie demeure* de Giono, car il avait aussi le goût de la beauté gratuite, à laquelle aspirent les hommes plus grands que leur quotidien. Sa femme, calme et sereine, nous achetait toujours une glace au retour de Sarlat, où nous l'accompagnions parfois, et nous donnait à manger un pain dont la saveur enfuie me hante, car elle demeure liée à la paix rayonnante de ces journées interminables, dont l'éclat ne s'est jamais terni en moi.

Le soir venu, nous rentrions à la Brande pour aider ma grand-mère à ses menus travaux qu'elle entreprenait sans hâte, coupant la luzerne ou sarclant le jardin, donnant l'herbe aux lapins ou nettoyant les légumes qu'elle cuisinerait bientôt pour le repas du soir. Repas silencieux, succulent, toujours suivi d'une petite promenade sur le chemin des vignes, puis d'une rêverie sur le banc situé devant la maison, tandis que s'allumaient les premières étoiles. Et toujours ce silence. Ce surprenant silence dont je me demande s'il n'est pas plutôt celui de la fin de sa vie, un silence qui aurait occulté en moi ses douces paroles d'avant.

Je ne crois pas. D'ailleurs, dans mes rêves, quand elle me parle, je ne l'entends pas et je me souviens que déjà, quand ses « faiblesses » la prenaient, elle se couchait dans les vignes en attendant que « ça passe », dissimulant aux siens ce qui risquait de les rendre malheureux. En fait, ce silence était sans doute la conséquence de la mobilisation de ses forces qui lui était nécessaire pour cacher son état de santé à ceux qu'elle aimait.

Car elle était plus forte qu'elle ne le paraissait. Je m'en suis rendu compte un jour de vendanges, quand on lui a annoncé la mort d'une de ses sœurs. Elle est allée la voir, puis elle est revenue reprendre sa place dès le milieu de la matinée dans les rangées de vignes, encore plus silencieuse que d'habitude, les dents serrées sur une douleur qui me contraignit à m'enfuir loin d'elle pour ne pas voir se lever sur moi ses yeux dévastés.

Ces vendanges durèrent longtemps car les vignes étaient beaucoup plus grandes que celle que louait mon grand-père maternel, et elles furent également l'occasion de festins à midi et le soir. Si je pus y participer, c'est parce que nous ne rentrions à l'école que le 1er octobre. Les

113

vacances à la Brande, elles, ne se renouvelèrent jamais, sans doute à cause de la fatigue que notre présence occasionnait chez ma grand-mère. Aussi demeurent-elles uniques dans ma mémoire et, de ce fait, encore aujourd'hui illuminées d'un incomparable soleil.

11

La fin de l'été annonçait l'imminence d'une catastrophe : celle de l'école dont l'ombre redoutable se profilait à l'horizon des jours. Pourtant, entre le caniculaire mois d'août et la fin du monde provoquée par la fin des vacances, s'étendaient un espace et un temps aux dimensions infinies. Un mois, à cette époque-là, me durait des années. Aujourd'hui, c'est le contraire : un mois ne me fait plus qu'une semaine, car plus j'avance dans la vie et plus le temps me glisse entre les doigts, comme s'il voulait m'indiquer que tout ce qui m'est donné m'est donné de surcroît, que seuls comptent mon enfance et ses étés sans fin.

Le temps venait de couper le regain. Ce mot m'a toujours enchanté. C'est dire si je me suis précipité sur le livre de Giono, plus tard, quand je l'ai découvert dans une librairie de la grande ville où j'étais prisonnier. Il m'a suffi d'en lire quelques pages pour déserter l'horrible classe du lycée lors de l'étude du soir, et retrouver en un instant le regain de mes collines. C'est à ce moment-là que j'en ai compris toute la saveur.

Regain : renouveau. Je n'avais pas fait le rapprochement, enfant, me contentant d'accueillir les effluves plus profonds, plus âcres que ceux des foins de juin, mais tout me fut rendu un jeudi après-midi du printemps de 1960, quand ma mère, venue « me faire sortir » pour l'après-midi, m'acheta ce livre de l'éditeur Fasquelle, collection B 24, que je possède encore aujourd'hui.

C'est un trésor que j'ai gardé précieusement, comme s'il m'avait sauvé la vie. On y voit, sur une jaquette de C. Broussin, un homme renversé dans l'herbe près d'une femme brune à jupe rouge constellée d'or, avec, au loin, une colline ensoleillée, un mas, et, près d'eux, un arbre qui déploie une ombre dont j'ai souvent envié la fraîcheur.

Qui dira la puissance des livres ? Celui-là m'a libéré, ce printemps-là, des menaces que le lycée faisait peser sur moi. Et jusqu'aux grandes vacances il m'a suffi de le caresser dans mon tiroir, même sans le sortir, pour retrouver le regain ensoleillé de ma colline, me sentir au-delà du présent, accroché de toutes mes forces à ce que l'on ne me volerait jamais, une sorte de Rosebud indestructible, aussi tenace que cette odeur de foin, de regain, qui continue de me poursuivre et d'illuminer mes jours.

Les charretées entraient dans le même fenil, au-dessus des vaches placides, après que le regain eut séché en andains, pâteaux et meules, au cours de journées que je vivais dans le bonheur identique à celles de juin. La chaleur n'était pas la même, pourtant, ni la lumière, plus dorée qu'argentée, au déclin de l'été, mais le plaisir à sentir, à enfourcher le foin, lui, était bien le même. Et cet été prolongé jusqu'aux portes de l'automne me donnait l'illusion d'un étirement du temps dans une durée voisine de l'éternité.

Déjà, les chênes et les châtaigniers se couvraient de cuivre et d'or. Mon grand-père, mon frère et moi allions chercher les cèpes et les girolles sur les versants arrosés du causse, durant les après-midi pleins d'ombre et de silence. Mon père, que son travail attendait, nous déposait et revenait nous chercher le soir. Je suivais mon grand-père le long des sentiers herbus qui conduisaient aux bois profonds dont il connaissait les moindres secrets. Nous nous y enfoncions sans parler, et je laissais entrer en moi des sensations d'isolement et de danger, imaginant que nous étions les premiers habitants de la terre, que nous allions devoir nous mesurer à des monstres ou à des sortilèges.

Je m'écartais volontairement, cherchant à me perdre, à n'être rien, sinon un arbre parmi les arbres, à me fondre parmi la mousse et les fougères, à redevenir une simple chose parmi les choses du vaste univers. Je ne sais si c'est à cause de ces longs après-midi d'automne, mais longtemps j'ai vécu comme un sauvage qui ne se sentait bien que dans les bois et dans les forêts. Il me semblait que cette mesure était la mienne, que j'eusse été plus heureux comme plante ou comme bête tapie dans son refuge, plutôt que dans un monde que la malice et la violence avaient déjà, irrémédiablement, dénaturé.

Aujourd'hui encore, quand je vais parmi les hommes, et plus particulièrement devant des caméras de télévision, je me ferme souvent par peur du mensonge et des apparences. Je me sens au-delà de tout ça, au cœur de ce qui ne peut être dit, ou expliqué, et je songe à la mousse et aux fougères des origines. J'ai envie de dire que l'essentiel est ailleurs, que c'est le monde qui compte, et ses nuages, et ses montagnes, et ses vallées, et non les hommes et leurs discours, qui n'en sont que des locataires provisoires, mais je me tais. J'ai appris dans les bois et dans les forêts que la parole est vanité, et l'odeur de la mousse me le rappelle souvent, quand, soulevant une plaque qui s'arrache comme une peau, je la respire en sentant se lever en moi des siècles de patience et d'humilité.

Mon grand-père appelait. Je répondais à peine, mais la peur de me perdre était la plus forte. Alors je courais de toutes mes jambes vers lui, et je le voyais en train de nettoyer la queue des cèpes avec son couteau. Il agissait avec application et cette méticulosité qu'il mettait dans toutes ses activités, même lorsqu'il mangeait, coupant des carrés de viande ou de poisson bien réguliers, usant de gestes sages et pleins de mesure.

Les champignons paraissaient pousser sous ses pieds. Quand il en trouvait vingt, je n'en trouvais qu'un. Car il entretenait des rapports privilégiés avec la réalité sensible, les bêtes et les plantes, et les cèpes s'accumulaient dans le panier d'osier qu'il avait confectionné de ses mains pendant les jours de pluie. En effet il savait tout faire sans jamais l'avoir appris, et ses mains savantes, patientes, semblaient s'activer d'elles-mêmes, dans l'accomplissement d'une connaissance venue du fond des âges.

Nous reprenions nos recherches sous les fougères et dans les taillis, et il nous arrivait parfois de tomber sur un « nid » autour d'une souche, ou dans un creux bien arrosé. Nous nous appelions les uns les autres afin de profiter ensemble du spectacle des cèpes rassemblés en quelques centimètres carrés. Je les cueillais en prenant soin de passer les doigts dans la mousse pour n'en rien perdre, abandonnant simplement un peu de mycélium pour favoriser une nouvelle pousse, et je n'ai rien oublié de ce plaisir unique qu'est le premier contact des doigts avec la chair du champignon — souple, tiède, vivante — après s'être agenouillé, après avoir attendu quelques secondes pour mieux apprécier l'instant de le toucher, de le caresser.

J'y reviens quelquefois à l'automne, autant pour l'odeur de mousse et de fougères que pour la cueillette qui devient difficile : on n'entre plus si facilement dans les bois et les forêts, car les champignons sont devenus une source de revenus pour ceux qui sont restés à la terre. Comment le leur reprocher ? Déjà trahis par leurs propres enfants qui ont quitté les lieux, frappés de plein fouet par des lois économiques féroces auxquelles ils ne comprennent plus rien, ils devraient aussi être pillés par les citadins qui ont d'autres ressources qu'eux ?

Ainsi, parfois, les chercheurs de champignons d'aujourd'hui retrouvent leurs pneus crevés au retour d'une promenade en forêt. Nous vivons le temps des barrières électriques et des réglementations de toute nature. Il faut s'y faire : la cueillette des fruits sauvages va devenir un privilège. Les cèpes, les girolles, les coulemelles, les trompettes-de-la-mort, les pleurotes, les pieds-de-mouton, les morilles sont devenues denrées précieuses, et je me réjouis que mon grand-père ne soit plus là pour se voir interdire un territoire qu'il considérait comme le bien commun, où chacun prenait sa part mais pas davantage, où l'on pouvait errer sans crainte, sinon celle de se perdre en un bonheur insouciant.

Autre bonheur à jamais inscrit dans ma mémoire : celui des vendanges, et d'abord celui de la grappe tiède écrasée dans la bouche. Quel enfant des campagnes n'a pas connu ce plaisir ? Je crois bien que je n'ai jamais terminé des vendanges, enfant, sans être malade d'avoir trop mangé de raisins. Des raisins blancs plutôt que des rouges, et particulièrement une variété dont je n'ai jamais su le nom mais dont le goût, à la fois sucré et acide, me revient dans la bouche à seulement l'évoquer.

C'était une fête que ces vendanges-là, même si elles ne duraient qu'une journée. Les gens, en effet, s'aidaient les uns les autres, comme à l'occasion des moissons, si bien qu'il y avait plus de trente personnes dans chaque vigne. La nôtre — je dis la nôtre, mais elle n'était que louée par mon grand-père, comme les terres — se trouvait au flanc d'un coteau exposé au sud, au-dessus du chemin de Saint-Julien, sur la pente d'une colline d'où l'on apercevait la vallée et ses ruisseaux à eaux vives.

Un peu plus haut, d'immenses chênes sessiles servaient de refuge aux palombes, qui, chaque année, y faisaient halte à l'automne, attirées par les glands. L'ombre de ces grands arbres s'étendait sur la vigne, en fin d'après-midi, quand les vendangeurs étaient bien fatigués, comme une faveur consentie par une nature complice.

C'est que la journée avait commencé à l'aube, juste avant que le soleil ne se lève, faisant resplendir tout d'un coup la rosée déposée par la nuit sur l'herbe et sur les feuilles. J'ai eu là, plusieurs fois, l'impression d'être pris dans un éclaboussement de lumière comme dans l'eau crépitante d'un torrent. Chacun de mes livres, s'il relate une scène de vendange, témoigne de ce moment rare où le soleil d'automne, perçant la brume du matin, illumine le monde comme il a dû l'illuminer le premier jour, quand il s'est levé sur une terre « lavée des hommes », ainsi que l'a écrit Julien Gracq. Une terre dont l'innocente clarté venait resplendir jusqu'à moi chaque automne, pour un moment de bonheur inouï dont je n'ai vraiment compris la beauté que lorsque j'en ai été privé. D'ailleurs, à cet instant, tous les vendangeurs levaient la tête, éblouis, cependant que la terre se mettait à fumer, que les sons clairs de la plaine résonnaient comme un marteau sur une enclume par temps de gel.

Muni d'un couteau ou, parfois, d'une paire de ciseaux, je coupais les grappes qui tombaient dans un panier de bois, et j'allais le vider dans la comporte qui se trouvait au bout de l'allée. Les hommes portaient les comportes pleines jusqu'à la charrette bleue qui attendait plus bas. Nous, les enfants, allions moins vite que les femmes qui, dans ma mémoire, sont toutes vêtues de ces tabliers violets ou noirs qu'elles portaient alors à la campagne, et coiffées de grands chapeaux de paille auréolés d'un ruban de couleur. J'ai beaucoup aimé ces grands chapeaux de paille que l'on voit peu, désormais, dans les champs, car ils me semblaient représenter la sagesse et la civilisation de la terre : nés de la paille des moissons, sans doute, ils avaient traversé le temps pour perpétuer le travail séculaire effectué sous le soleil, et caractérisaient bien un mode de vie, une manière d'être au monde et de s'en accommoder le mieux possible.

Avouerai-je qu'il y a deux ou trois ans j'ai eu l'envie soudaine d'en acheter un, m'imaginant que l'entretien d'une pelouse m'en imposait la nécessité. Au moment de me mettre en quête d'un tel trésor, le doute m'a saisi : et si l'on n'en vendait plus ? J'ai dû chercher longtemps avant d'en trouver un dans une coopérative agricole, de dimension standard, et dénué de la noblesse qu'ils affichaient à l'époque. Qu'importe ! Je l'ai acheté pour quelques francs et je l'ai emporté dans ma maison de campagne où, après un usage incertain, je l'ai pendu au mur près de l'entrée. Quand je l'aperçois, il me rassure. Loin de m'être utile, il me sert de témoin, entre ce que j'ai été et ce que je suis devenu. Ma femme, mes enfants s'amusent de moi, et rient en le voyant suspendu à son clou, sans imaginer que cette passerelle me permet d'accéder en une seconde à ma vie d'avant, comme ces héros de science-fiction munis d'objets magiques qui leur confèrent le pouvoir de voyager à leur guise dans le temps. Peut-être est-ce là un exemple de plus selon lequel l'âme des hommes se dissimule dans les refuges les plus anodins ou les plus dérisoires, ceux qui sont seuls capables de les consoler, parfois, d'une vie qui s'en va, qui s'en va sans qu'ils y puissent rien.

Les femmes, donc, nous aidaient à « finir » la rangée quand nous étions en retard par rapport à elles. C'était fréquent, car nous pensions plus à nous amuser qu'à couper les raisins, par exemple à ramper sous les ceps pour imiter les serpents et effrayer les filles, ou bien à nous gaver de grains, allongés sur la terre rouge, la tête levée vers le soleil qui multipliait les couleurs entre nos cils mi-clos.

— Voyons, petits ! disaient-elles.

Ça n'allait pas plus loin. L'air était à la fête et à la joie. Et puis ces femmes-là savaient qu'une enfance sans insouciance est une enfance perdue. Elles travaillaient sans hâte, mais sans arrêt, du même rythme régulier et placide, avec cette patience particulière aux gens de la terre que la vie trépidante des villes, aujourd'hui, rendrait fous. A peine si elles se redressaient un peu, avant d'entrer de nouveau dans un autre rang, habituées à être courbées depuis leur plus jeune âge sur la terre.

A midi, nous mangions à l'ombre de la haie, des salades, de la charcuterie, des sardines et du fromage accompagnés d'un pain de tourte à la croûte si épaisse qu'on avait du mal à le couper. Les bouteilles de vin étaient au frais dans des seaux enfouis dans la haie. Chacun avait son couteau. Si je n'en possédais pas en propre, me contentant ces jours-là de celui qu'on me prêtait, ce n'était pas le cas des hommes pour qui cet ustensile était sacré. J'ai toujours vu le même dans les mains de mon grand-père. Il avait dû l'acheter très jeune, car le fil en était devenu avec le temps mince comme la lame de son rasoir.

Tout le monde mangeait en silence avec beaucoup de gravité. Les réjouissances ne viendraient qu'avec le repas du soir. Jamais le pain ne m'a paru meilleur, le vin plus frais qu'au cours de ces repas pris en commun lors des travaux que rythmaient les saisons. Quelques plaisanteries fusaient, tandis que les femmes débarrassaient les nappes — le plus souvent de vieilles toiles cirées — des reliefs du festin. Les hommes allaient alors décharger la charrette, puis revenaient pour une courte sieste à l'ombre. Ils rabattaient leur chapeau ou leur casquette sur leurs yeux et s'endormaient brutalement, ne bougeaient plus, comme s'ils avaient été frappés de mort subite.

Les femmes, rassemblées dans un coin, discutaient à voix basse, et nous, les enfants, nous montions sur la colline, où, sous les chênes, nous faisions semblant de dormir. Mais cette colline était un repaire de lapins, d'écureuils et d'oiseaux. Autant dire que la sieste était tôt oubliée. La fraîcheur des sous-bois nous incitait à suivre des pistes qui nous entraînaient, de l'autre côté, vers le pré où avait été coupé le regain et où, souvent, des faisans nichaient dans les éteules blondes. Les ayant fait lever, nous revenions sans hâte, heureux d'avoir aperçu l'envol magnifique du coq, aux plumes incendiées par le soleil. Les femmes appelaient tout là-bas. Nous courions, pris en faute, et arrivions en sueur près de la vigne.

— Où étiez-vous passés ? demandaient-elles.

Il fallait reprendre les paniers, entrer de nouveau dans la vigne, mais, la fatigue faisant son œuvre, en manifestant beaucoup moins d'énergie qu'au matin. Les femmes, elles aussi, avançaient moins vite. Il faisait si chaud que l'une d'elles était chargée de passer entre les rangs pour donner à boire. De nouveau j'écrasais une petite grappe dans ma bouche, levais la tête vers le soleil, me couchais sur la terre chaude qui sentait la futaille.

L'après-midi basculait lentement vers le soir qui apportait des grincements d'essieux sur les chemins, des aboiements de chiens, des appels dans des vignes lointaines, des colères de geais attaqués par des pies. Les rumeurs de la plaine, longtemps assoupies, recommençaient à monter jusqu'à nous. Des guêpes ivres tournaient au-dessus des comportes pleines à ras bord, où les raisins commençaient à bouillir.

Les hommes venaient aider à la coupe pour en terminer plus vite. En même temps qu'une grande paix, une lourde lassitude descendait sur les collines. Tout le monde rentrait derrière la charrette, le long du chemin escorté de chênes, de lourds érables et d'opulents ormeaux. Le soir tombait. De grands foyers brûlaient sur l'horizon, et s'éteignaient très vite. Ce n'était plus l'été, et je devinais dans cette ombre précoce de funestes lendemains.

Je tentais de les rejeter vers un avenir incertain, et me mêlais aux hommes, dans la cave, qui pressaient la vendange dans deux grands cuviers. Un lourd parfum de raisins écrasés, acide, épais, enivrant, rôdait dans ces lieux frais et sombres. Dans quelques jours, on goûterait le vin nouveau. En attendant, j'aidais à laver les comportes, à nettoyer les paniers, puis je rejoignais les femmes qui préparaient le grand repas du soir. Pot-au-feu, poules farcies se succédaient sur la grande table installée dans la cour, à la chiche lueur de quelques vieilles lampes Pigeon ressorties pour l'occasion.

Je m'endormais, la tête posée sur les genoux de ma mère, la bouche encore pleine de la saveur sucrée des raisins, ivre de je ne savais quoi, sinon d'amour pour ces êtres dont le murmure familier renvoyait tout ce qui nous était étranger vers des lendemains qui jamais ne naîtraient. Plus tard, beaucoup plus tard, mon père m'emportait dans mon lit. Des grappes vermeilles flottaient un instant devant mes yeux clos, puis les lourdes vagues du sommeil retombaient de nouveau sur moi, chaudes et sucrées comme les raisins d'une vigne magique.

12

L'automne, c'était aussi la saison de la chasse
— non point celle de l'hiver que l'on pratiquait
dans la plaine pour y traquer le gibier d'eau,
mais celle qui menait les hommes sur le causse,
à la poursuite des grands lièvres roux et des compagnies de perdreaux. C'est surtout grâce à elle
que j'ai découvert cet univers unique, aride, sauvage, superbe : ses grèzes si rocailleuses, ses
murs de lauzes, ses chênes nains, ses coteaux
désolés, ses bergeries abandonnées, ses bories,
ses combes ombreuses, ses pierres blondes à
nulle autre pareilles.

Mon père aimait les chiens, je l'ai déjà dit. Et,
je ne sais pourquoi, davantage les chiens courants que les chiens d'arrêt. Les beagles, surtout,
les « porcelaines », aussi, qui pouvaient poursuivre un lièvre des heures durant et revenir
après l'avoir perdu, penauds, exténués. Il nous
emmenait rarement, mon frère et moi, mais il y
consentait quelquefois, pour nous récompenser
de l'avoir aidé, et je pénétrais alors un monde
très différent de celui de la vallée. Il s'ouvrait, là-
haut, sur ces terres rudes peuplées seulement de

troupeaux de brebis — sur ces causses-là, on dit brebis et non pas moutons — et de quelques indigènes que la solitude rendait accueillants. Ainsi, Jean et Marie, ces deux vieux solitaires qui, sur leur petite propriété, nous attendaient chaque automne, pour nous ouvrir leur porte et leur cœur.

A l'occasion de son service militaire, Jean était allé jusqu'en Syrie. Il en parlait comme d'une planète étrange et merveilleuse, un peu inquiétante. Un éternel mégot collé sur ses lèvres, il était de taille moyenne avec des yeux bleus comme le ciel du causse, ce bleu unique qui naît de la lumière reflétée par le calcaire. Un bleu de myosotis. Le même bleu, à la réflexion, que celui des yeux de mon grand-père. Un bleu comme je rêve d'en voir dans d'autres yeux pour me persuader qu'ils ne sont pas morts, que rien ne meurt, et que le ciel, là-bas, malgré ces années qui nous ont conduits vers cette époque singulière où tout n'est qu'illusion, ce ciel sait encore se vêtir du bleu de la vérité.

C'est à cause de ce ciel que j'ai donné pour titre à mon premier roman *Les Cailloux bleus*. Le climat que j'ai tenté de recréer dans ce livre est celui qui régnait sur ce causse et dans cette ferme. Personne mieux que moi ne sait, comme l'a si bien écrit Le Clézio, qu'« écrire, c'est mettre à jour les sensations acquises au cours de l'enfance ». J'y reviendrai plus loin, en parlant d'autres personnages aussi lumineux, d'un ciel aussi bleu rencontrés sur le causse, en d'autres occasions.

Marie, la femme de Jean, était forte, gaie, et portait d'épaisses lunettes à travers lesquelles on distinguait à peine des yeux gris. Gris étaient également ses bas qui dépassaient de sa robe noire même l'été, et blancs ses cheveux peignés en arrière, dégageant un grand front où l'on ne pouvait compter nulle ride. D'ailleurs je ne les ai jamais vus que souriants. Peut-être parce que la route — le chemin — finissait dans leur cour et que les rares visites qu'ils recevaient étaient vraiment pour eux un plaisir, plus sûrement parce que la vie pastorale et solitaire qu'ils menaient en plein cœur du vieux causse les préservait des aigreurs, des jalousies propres à ceux qui vivent entourés de voisins.

— Entrez! Entrez! disait Marie.

— Vous mangerez bien un morceau, disait Jean.

Il fallait se défendre, invoquer l'heure tardive pour la chasse, l'impatience des chiens, mais rien n'y faisait. Une fois assis dans la grande pièce dallée, devant un morceau de pain et de fromage, Jean disait :

— J'ai vu le lièvre dans la grande combe.

— Il y a une compagnie de perdreaux dans les bois de la borie, disait Marie. Je les ai vus piéter en gardant les brebis.

Ils ne songeaient qu'à donner, ces deux vieux aux yeux pleins de lumière qui ajoutaient, avant de nous laisser aller :

— N'oubliez pas : le poste du lièvre est à la boîte aux lettres.

Nous nous y rendions avec mon père, aussitôt après avoir lâché les chiens. Cette boîte aux lettres se situait à un carrefour de quatre chemins, clouée sur un chêne. Elle servait à tous les habitants des hameaux alentour, aux fermes perdues, évitait aux gens du causse de descendre dans la vallée poster leur courrier.

Nous marchions le plus vite possible, car les chiens cherchaient déjà les pistes. Le chêne était immense, sombre et beau comme seuls savent l'être les chênes, et de si belle dimension que nous pouvions nous cacher derrière, tournant autour du tronc en fonction de la direction d'où nous parvenaient les aboiements des chiens.

Ils ne tardaient guère à se manifester. Nous les écoutions sans un mot, sans un geste, « mener » le lièvre, et mon cœur battait plus vite quand ils se rapprochaient. Mais ces grands lièvres du causse étaient retors. Ils fuyaient loin, très loin dans d'autres combes, dans d'autres grèzes, et il nous arrivait de ne plus rien entendre.

— Ils l'ont perdu, disait mon père.

Nous continuions cependant à écouter, toujours pleins d'espoir, attentifs au moindre aboiement, repris par cette excitation trouble que connaissent bien les guetteurs de gibier.

— Ils l'ont retrouvé. Ils reviennent.

Jamais, au grand jamais, je ne vis surgir le lièvre à ce poste. Il passait plus loin, ou plus haut, ou plus bas, mais le plus souvent les chiens le perdaient définitivement. Pourtant ces chiens étaient infatigables, mais le causse, trop vaste, trop riche en escarpements, crevasses, garennes, combes profondes, protégeait heureusement ses hôtes au pelage roux, si sauvages et si beaux. Le seul que j'eus la chance de débusquer le fut au gîte, un matin, par hasard, entre deux genévriers, et je fus si surpris que je n'eus même pas le temps de l'annoncer à mon père.

Les chiens revenaient très tard, tirant la

langue, et ils montraient beaucoup moins d'entrain pour chasser. Quelquefois, nous ne les revoyions pas de la journée, s'ils avaient pris la piste d'un renard ou d'un sanglier. Nous cherchions alors les perdreaux, nombreux, à l'époque, dans ces hautes terres, et dont le brusque envol, soudain et violent, la première fois que je l'entendis, me terrifia.

A midi, nous mangions chez Jean et Marie, après avoir vainement appelé les beagles, mon père se jurant d'élever à l'avenir des chiens d'arrêt et non plus des courants. Ce projet devenait l'essentiel de la conversation dans l'immense cuisine dallée des deux vieux où l'ombre fraîche sentait la fontaine et le bois de noyer. Si je ferme les yeux, je revois Jean, assis face à moi, et Marie qui s'active entre le grand cantou et la table en bois brut, mes pieds glissent sur les pierres lisses du sol, tandis qu'une abeille bourdonne contre les vitres.

J'ai tellement aimé ces lieux, ces moments, que plus tard, à vingt ans, j'ai loué le pigeonnier situé un peu plus haut que la maison de Jean et de Marie, dans lequel j'étais censé réviser mes examens mais où, en fait, je commençais à exercer ma passion de l'écriture, lisant *Colline* et *Le Chant du monde*, me promenant dans cet univers primitif rongé par les pierres et écrasé par la voûte brûlante du ciel.

Marie montait me voir en gardant ses brebis, Jean ne s'approchait que le soir, et, les yeux illuminés, me parlait de la Syrie — du seul voyage de sa vie, en fait, désormais repliée sur ces terres ingrates, mais dont il ne se plaignait jamais. Nous discutions jusqu'à ce que Marie l'appelle pour la soupe, puis il redescendait, les mains dans le dos, regardant autour de lui s'endormir son domaine.

Ce coin du causse de Martel fait partie de mes hauts lieux : je veux dire qu'il représente l'un de mes territoires sacrés, l'un de ces endroits où je me sens vraiment intégré dans la vie terrestre et non plus de passage, où j'oublie que le temps passe parce que c'est comme ça, et que des hommes vivent ailleurs, au-delà des océans. Il y en a d'autres, bien sûr, dont j'ai déjà parlé ou dont je parlerai, qui ont pouvoir de dessiner l'esquisse vague mais précieuse d'un autre monde, passerelles fragiles qu'efface la moindre brise, la moindre parole humaine.

Je n'en avais pas conscience, encore, durant ces longs après-midi de chasse, mais seulement l'intuition. Je me contentais d'être heureux, cherchant les compagnies de perdreaux qui s'étaient débandées après avoir été tirées. Il était difficile de se faire une idée précise de l'endroit où elles se trouvaient, même si on les avait vues se poser. Car, une fois au sol, ces perdreaux farouches aux pattes rouges piétaient très vite vers des broussailles impénétrables. J'ai eu la chance de les apercevoir une fois, dissimulé derrière deux gros genévriers, et ils couraient si vite que je ne les reconnus pas tout de suite et je me demandai quels étaient ces volatiles inconnus et superbes.

Il était plus facile de les surprendre le soir, un peu avant la nuit, car c'était l'heure où ils « rappelaient », c'est-à-dire l'heure où ils tentaient de se rassembler pour la nuit. « Tcheukeu-tcheukeu! Tcheukeu-tcheukeu! » Nous ne parlions plus, indiquant simplement du doigt la corne d'un bois, une garenne d'herbe rase, un versant couvert de genévriers, d'où montaient les appels inquiets de ces magnifiques oiseaux qui, dans la mort, semblaient encore voler de leurs ailes de faux.

C'était aussi l'heure où sortaient les lapins. Nous montions au terrier, dans une vigne haute, attendant que les chiens nous envoient les queues blanches imprudemment sorties avant la nuit. J'aimais cette heure du soir où les chiens saluaient le retour des hommes dans les fermes perdues, où les lointains allumaient de superbes foyers, et où, soudain, l'ombre rampait sur les collines, fouettée par l'aile fraîche de la nuit. Bientôt tout se taisait. Les lapins, ayant deviné notre présence, étaient restés dans leur « cayrou ». On n'entendait même plus les chiens qui étaient revenus vers la voiture. Nous étions seuls au monde.

— Encore un moment, disait mon père.

De grands oiseaux de nuit se mettaient à glisser sur les collines, le vent agitait doucement les feuilles des chênes, les lumières clignotaient dans les lointains et la première étoile s'allumait tout là-haut.

— Rentrons, disait mon père, on ne voit plus rien.

Nous rentrions donc lentement, fatigués par cette journée si riche en émotions, longeant les haies où les merles s'enfuyaient à notre approche, reprenant les chemins tracés qui rendaient tout à coup la nuit moins épaisse.

Marie et Jean nous attendaient sur le seuil. Il n'était pas question de refuser d'entrer pour un dernier verre, un dernier mot d'amitié. Je comprenais qu'ils avaient suivi notre chasse heure après heure depuis leur maison, compté les coups de fusil, supputé l'importance du gibier rapporté. Ils s'en montraient comme nous heureux ou déçus, s'informaient surtout de notre prochaine visite, se résignaient enfin à nous laisser partir, silhouettes immobiles qui levaient la main pour un dernier salut, plus seules qu'elles ne l'avaient jamais été, perdues, désolées de ne pouvoir déverser chaque jour leur trop-plein de générosité.

Le retour dans la plaine me pesait d'autant plus que cette journée heureuse m'avait rapproché un peu plus de l'école. Je savais toutefois que la menace ne se ferait pressante qu'après que l'on aurait rentré le bois. Or, le bois, c'était aussi le causse, plus exactement ses versants, où je suivais mon père et mon grand-père, qui étaient aidés par un journalier habitué à cette besogne. Je retrouvais ainsi la liberté des trop rares journées de chasse, mais aussi leurs parfums, leurs bruits, leurs couleurs. Il s'agissait de couper ces petits chênes dont le bois « tient » si bien le feu, de les ébrancher, et de les tirer jusqu'au chemin où viendrait les prendre le camion d'un homme singulier, lent et fort, dont c'était le métier.

Ce camion était énorme mais très vieux, et il tombait souvent en panne. Comme il manquait de pièces de rechange, son propriétaire passait le plus clair de son temps à le réparer. Il arrivait que le « monstre » fût quelquefois en état de rouler. Il transportait alors des chargements qui le faisaient fumer comme une locomotive, et le contraignaient à avancer très lentement, si lentement qu'on redoutait de ne jamais le voir arriver.

Il arrivait parfois, et son conducteur aidait à décharger avec cette placidité dont il ne se départait jamais, et un courage, une abnégation qui lui valaient la considération de tous.

Quelques jours plus tard, tôt le matin, j'étais réveillé par le miaulement aigu de la scie électrique grâce à laquelle on coupait les maigres troncs en bûches, et qui abandonnait sous elle un tapis de sciure dont j'adorais l'odeur, au point, parfois, de la respirer avec autant de plaisir que je respirais la mousse dans les bois, ou les sacs de farine dans la remise.

Je me levais en toute hâte, je déjeunais à peine et j'allais assister à la coupe des chênes qui me semblaient crier sous la lame comme s'ils eussent été vivants. Je prenais volontiers part au travail en rangeant les bûches dans le hangar, entêté par un air saturé de poussière, de sciure, d'effluves forestiers que faisait tourbillonner la puissante lame aux dents de métal.

Les miaulements sauvages duraient deux ou trois jours, puis s'arrêtaient un soir, sectionnant aussi le fil des jours de liberté. Le 1er octobre approchait, je le devinais, j'en étais sûr. Un soir, ma mère disait :

— Demain, je vais vous essayer vos nouveaux tabliers.

Il était vain de lutter, de se rebeller, et pourtant je ressentais ces changements de vie comme s'ils eussent été des changements de planète. Comme j'avançais des arguments sur l'inutilité de l'école, ma mère répondait :

— Il y a un temps pour s'amuser et un temps pour travailler.

Moi, j'aurais plutôt parlé de siècle et de

galaxie. Mais il n'y avait décidément rien à faire. J'étais entré dans l'inéluctable, et je n'avais pas assez de forces pour m'y opposer. Ainsi, le grand jour arrivait, et je cherchais dans le parfum du plumier neuf et celui de ma gomme Mallat de quoi apaiser mon angoisse. Pourquoi dit-on toujours aux enfants que l'année scolaire à venir sera la plus importante de toutes celles qu'ils auront à affronter? C'est ainsi que les cartables deviennent lourds sur des chemins qui pourraient être heureux.

Je n'étais pas seul, heureusement, pour affronter l'événement, car mon frère marchait toujours à mes côtés, fidèle compagnon des bons et des mauvais jours, dont j'ai bien souvent ébranlé la confiance. Il était plus paisible que moi, en effet, en tout cas moins inquiet sur le destin des enfants et des hommes.

Je me souviens surtout de la rentrée où je suis passé de « chez la maîtresse chez le maître », autrement dit de la moyenne à la grande école. Je me revois devant la grille ouverte sur les quelques marches qui donnaient accès à la cour. Comme ces pas me parurent difficiles à effectuer! Heureusement, j'ai retrouvé très vite des visages connus, et la cour, en quelques instants, m'a semblé moins hostile. Ensuite a retenti le claquement des mains du maître, cet homme tout-puissant dont j'avais entendu parler à cause des punitions qu'il infligeait aux plus turbulents d'entre nous. Les rangs devaient être bien droits avant l'entrée en classe, le silence parfait avant de monter les marches. Nous prîmes place au signal, ce matin-là, puis les raclements des chaussures sur le plancher, l'odeur de la craie, des plumiers vernis, de l'encre violette me firent oublier en quelques minutes que j'étais devenu grand.

Une seule journée, en fait, suffit à dissiper la grande peur et à me faire apprécier la salle de classe fleurie de belles cartes, le tableau noir scellé au mur, les taches violettes sur l'encrier de porcelaine, les livres bleus dans la bibliothèque, et surtout les charmes du chemin, au matin, quand les hirondelles commençaient à se rassembler sur les fils électriques, que la première rosée blanche lustrait les fossés. L'automne basculait lentement vers l'hiver. Le soir, nous rentrions à la nuit, mais les jeudis et les dimanches, qui n'avaient pas disparu de notre vie, continuaient à fortifier des îlots sûrs, à l'abri des tempêtes.

C'était l'époque des châtaignes que mon grand-père allait ramasser sur les versants du causse, un peu avant Martel, dans un petit bois de châtaigniers. Ma grand-mère les faisait griller sur la cuisinière, dans une grande poêle percée de trous. Je la retrouvais chaque soir après l'école, pour me brûler délicieusement les mains et la langue avec ces marrons grillés, noirs comme de la suie, et boire du vin nouveau. Ces douces soirées d'automne se prolongeaient jusqu'à la nuit dans la petite cuisine, où nous jouions à la belote avec mon grand-père en attendant le repas du soir. Puis nous partions chez nos parents, une lampe à la main, et les étoiles clignotaient au-dessus de la terre qui commençait à s'endormir du sommeil de l'hiver.

Il était bien installé le 11 novembre, l'hiver, pour la cérémonie au monument aux morts où nous conduisait le maire, après nous avoir raconté la Grande Guerre, le wagon de Rethondes, Joffre, Pétain et Foch. Foch, moi, je l'avais à la maison, car mon grand-père lui ressemblait beaucoup, et il n'était pas moins glorieux. Je me demandais seulement pourquoi il ne m'en parlait pas, lui, de la Grande Guerre, et pourquoi il n'assistait pas au banquet des anciens combattants. Plus tard, quand j'ai compris pourquoi, la vérité m'a paru plus belle que tout ce que j'avais imaginé.

Bientôt le gel rosissait les matins. L'air était clair comme une source. Le nez et les oreilles serrés par le froid, j'appareillais vers l'école comme on traverse une banquise. Le temps avait pris la couleur de ces territoires arctiques dont je découvrais alors les images et les récits dans les inoubliables ouvrages de Paul-Emile Victor.

13

Je n'ai jamais vraiment aimé les saisons intermédiaires que sont pour moi le printemps et l'automne.

Je préfère les saisons « fortes » : d'abord l'été, dont j'ai parlé, et au moins autant l'hiver, pour des raisons opposées. L'été, c'était la liberté, la chaleur et l'eau fraîche ; l'hiver, c'était le froid, la neige, et le refuge clos de la maison à peine éclairée par la cheminée.

C'est d'ailleurs l'une des premières images qui me revient à l'esprit : je suis derrière les carreaux et je regarde tomber de lourds flocons à l'approche de la nuit. Derrière moi, les flammes de la cheminée murmurent leur vague présence, chaude et rassurante, et m'incitent à ne plus bouger, à ne plus respirer, à écouter le silence d'étoupe qui a envahi le village, égratigné seulement par les pattes de moineaux dans la gouttière. La neige tombe et je suis seul dans le monde. Où sont mes parents, mon frère, ma sœur ? Je ne le sais pas. Je ne les entends pas. Tout est blanc, maintenant, tandis que la nuit se pose délicatement sur cette pelisse avec des grâces de chatte qui fait sa toilette, m'invite au sommeil dont j'ai toujours pensé qu'il est à la mort ce que la neige est à l'hiver.

Je serai bien, là-haut, sous l'édredon de plumes rouge, dans ma chambre de l'étage d'où je domine le village. Un seul désir se lève en moi : que cette neige ne cesse de tomber, qu'elle coupe les routes, interdise l'ouverture des portes et nous contraigne à demeurer enfermés dans la maison pour toujours. Mon père n'est pas loin. Il va rentrer bientôt. Nous nous blottirons dans un abri où rien ne nous menacera jamais et nous vivrons le bonheur d'être ensemble, de ne plus nous quitter...

Tels étaient mes rêves d'enfant, devant les premiers flocons de l'hiver. Mais je n'étais pas seul, en vérité : ma mère m'appelait car il était temps de porter dans nos lits les bouillottes ou les briques enveloppées dans des bas ou du papier épais. Je les vois encore, ces bouillottes de forme rectangulaire, vertes ou bleues, que l'on fermait par un bouchon vissé, et ces briques de couleur brune qui donnaient au papier qui les recouvrait une odeur d'âtre et de fumée.

Il m'en vient, aujourd'hui, de temps en temps l'envie, mais le chauffage central équipe désormais les maisons et transforme en lubie ce qui était une nécessité. Bref, j'y renonce, incapable d'expliquer vers quel îlot de plaisir m'emporterait cette bouillotte devenue, comme beaucoup d'anciens trésors, je le crains, dérisoire, et par là même irremplaçable.

Un seul poêle chauffait l'étage de la maison, mais je ne me souviens pas d'avoir eu froid, car nous laissions les portes des chambres ouvertes, et nos lits étaient chauds lorsque nous y entrions. En bas, la petite cheminée flambait dans la salle à manger, tandis qu'un fourneau de fonte maintenait dans la cuisine une température agréable. C'est là que nous prenions nos repas, entre un évier aux carreaux bleus et un buffet double comme on en trouvait à l'époque, avec, en bas, des portes pleines en bois, et, au-dessus, des portes de verre feuilleté, légèrement dorées.

Je me souviens de nos repas du soir, l'hiver, quand la neige tombait, du silence de mes parents, de ma hâte à finir de manger pour retrouver mon lit, du tic-tac du vieux réveil sur le buffet, de l'escalier dont les marches craquaient, du *fenestrou* par où je regardais tomber la neige pour me persuader qu'elle ne fondrait pas avant le lendemain, du papier jaune paille de ma chambre et de cette impression délicieuse, en m'endormant dans un silence ouaté, qu'aucune menace ne pèserait plus jamais sur le monde.

Mon réveil, au matin, en était encore imprégné. Je me levais, j'allais ouvrir les volets, j'essuyais la buée sur la vitre. Dehors, tout était pétrifié. J'imaginais que nous étions seuls, ceux de ma famille et moi, que rien n'existait plus ailleurs. C'est alors qu'une vieille passait, une écharpe enroulée autour de sa tête jusqu'aux yeux, et ses sabots souillaient la neige vierge d'empreintes sombres qui me décevaient.

Je m'habillais très vite et je descendais dans la cuisine. Ma mère m'embrassait, versait le café au lait dans un bol de faïence bleu, coupait du pain sur lequel elle étalait de la confiture de prunes.

Je me dépêchais de manger pour sortir et marcher dans la neige à mon tour.

— Il fait trop froid, disait ma mère, tu auras bien le temps en allant à l'école.

Je forçais mon frère à se dépêcher à son tour, puis nous partions, harnachés jusqu'au sommet du crâne. La neige craquait doucement sous nos souliers avec un bruit de feutre pressé. Le froid figeait les bruits et les parfums. L'enclume du maréchal semblait éclater à chaque coup de marteau, et une puissante odeur de fumée de bois nous ensevelissait, s'attachant à jamais à ces matins glacés de mon enfance. Mais ce n'était pas n'importe quelle odeur de fumée : c'était celle du bois de chêne, de ces petits chênes du causse couverts de mousse blanche, durs comme de la pierre, dont je suis encore capable de deviner la proximité sans les voir, pourvu que j'en respire le parfum.

Je marche lentement, tête baissée, j'écoute craquer des sucres d'orge sous mes pas. Nous sommes seuls, mon frère et moi, pour traverser le foirail et la petite place du monument aux morts. Le froid mord mes oreilles, rougit mon nez. Un petit chapeau pointu s'est formé au bout de mes souliers. Je me retourne, désespéré d'avoir profané cette blancheur, me découvrant coupable mais sans savoir exactement de quoi. Et de nouveau l'odeur puissante de la fumée de bois qui arrive par vagues, et qui nous porte jusqu'à l'école.

Ce sera celle aussi du poêle qui nous retrouvera serrés contre lui un peu plus tard. Avant, il y aura eu la bataille de boules de neige acharnée dans la cour, quelques disputes arrêtées par le maître brusquement surgi de la salle de classe. Et il y aura aussi, inévitablement, de terribles onglées, pour avoir trop vite réchauffé nos doigts près du poêle ronflant.

Les vacances de Noël approchaient. Depuis quelque temps, déjà, le soir, ma mère nous disait, levant un index mystérieux :

— Écoutez, petits, écoutez les matines !

Je ne sais pourquoi elle avait baptisé « matines » ces cloches de la prière du soir, mais je me souviens du merveilleux de cet appel à la tombée de la nuit, qui venait tirer du sommeil quelque angélus endormi. Alors les jours ne ressemblaient plus aux jours : planait sur eux un sortilège qui durerait jusqu'à la fin des vacances, et désormais l'attente du grand soir commençait.

A peine si les jeux nous en distrayaient, impatients que nous étions de découvrir les cadeaux qui, devant la cheminée, changeraient en or le plomb de nos journées. En attendant, il fallait vivre, c'est-à-dire bâtir puis détruire de multiples bonshommes de neige, imaginer des pièges pour les oiseaux que la faim rendait moins méfiants. L'un d'entre eux consistait à incliner un cageot sur une branchette à laquelle nous attachions une ficelle qui se prolongeait jusqu'à la cuisine. Nous guettions les merles qui suivaient la piste des grains de blé jusqu'au piège. Il suffisait alors de tirer la ficelle pour que le cageot préalablement lesté d'une pierre retombât sur l'oiseau et le fît prisonnier. Cette chasse déloyale et trop facile nous rendait cléments : nous relâchions quelquefois les pauvres bêtes qui s'envolaient vers d'autres cours, d'autres jardins moins périlleux.

Parfois aussi, quand les eaux avaient débordé des ruisseaux avant les grands froids, les prés devenaient de longs étangs de glace. C'était l'occasion d'interminables glissades et de chutes sévères, surtout lorsque le jeu d'« épervier » de l'école trouvait à s'exercer loin de la surveillance du maître. Il passait dans ces après-midi glacés de grands éclairs de faux qui semblaient clouer les corbeaux sur la banquise du ciel. Nous rentrions le soir meurtris jusqu'aux os, les mâchoires paralysées, les oreilles déchiquetées par les dents invisibles de l'air et nous nous réfugiions près de la cheminée, éblouis, harassés, mais heureux.

Alors venait Noël. Les femmes l'annonçaient par une agitation anormale dès le matin du 24, qui les voyait saisir et plumer des volailles, les barder, les farcir en vue du réveillon. Ma grand-mère Adeline, de Sarlat, qui venait de perdre son mari, était là pour passer les fêtes avec nous. Elle avait apporté des rillettes d'oie d'un goût si particulier, si savoureux que je le sens encore dans ma bouche, en l'évoquant, quarante ans plus tard. L'agitation croissait d'heure en heure. Une grande table était dressée dans la salle à manger, car mes parents invitaient leurs amis. Et c'étaient des festins de pâtés, de rillettes, de bouchées à la reine, de poules farcies, de dindes, de tartes, de ris d'agneau, parfois, tandis que l'un des premiers tourne-disques égrenait des refrains de Noël chantés par Tino Rossi.

Pour ceux qui se souvenaient des privations de la guerre, la nourriture représentait à l'époque la vraie récompense de leur travail, et l'illusion passagère d'abondance que l'on devait aux basses-cours rendait ces instants précieux. Nous, les enfants, nous nous endormions dans un coin, gavés de marrons glacés, de crème au chocolat, tandis que les adultes, en attendant la messe de minuit, écoutaient avec amusement Fernandel raconter *Le Secret de maître Cornille, L'Elixir du père Gaucher* ou *Les Trois Messes basses.*

Ma mère nous réveillait pour partir à la messe de minuit. C'était d'ailleurs plutôt le froid qui nous réveillait, une fois sur la route où des ombres se hâtaient vers la petite église de Beyssac, située à l'extrême limite du village, en direction du causse. Eût-elle été à dix kilomètres que pour rien au monde je n'aurais renoncé à ce trajet sous les étoiles, quelquefois sur la neige gelée, la main dans celle de ma mère, regardant au loin clignoter les lanternes de ceux qui arrivaient des fermes isolées. Dans plusieurs de mes livres, on retrouve ce trajet vers l'église, le soir de Noël. De même que l'on retrouve les couleurs pastel de l'église, les chants, la crèche, et toutes les émotions que je ressentais à l'époque où, enfant, la lumière des lustres et le son de l'harmonium m'entraînaient vers un monde d'une prodigieuse douceur.

Car je vivais ces moments dans une exaltation que ne dissipait même pas le retour, dans la nuit, vers la maison où les hommes, qui étaient restés pour jouer aux cartes, avaient préparé une soupe à l'oignon. J'avais à peine la force d'y tremper mes lèvres. Il fallait m'emporter dans mon lit où le souvenir des chants et des lumières accompagnait maintenant l'image du Père Noël sur son traîneau tiré par de grands rennes blancs.

Le lendemain, personne n'avait besoin de me

réveiller. Je descendais lentement — pour faire durer le plaisir — dans la salle à manger où se trouvait la cheminée. On ne décorait guère les sapins, à l'époque, mais plutôt les cheminées devant lesquelles les enfants prenaient soin de déposer la veille leurs souliers. Chaque fois le miracle avait lieu. Il s'est même prolongé après que j'ai cessé de croire au Père Noël — en écrivant ces mots, pourtant, je me demande s'il n'est pas devenu plus vivant que certaines personnes que j'ai été amené à côtoyer au cours de ma vie.

J'eus, un hiver, des sabots rouges et un jeu de Meccano qui n'ont jamais quitté ma mémoire. Projeté dans ces temps pas si lointains où les enfants portaient encore des sabots, je suis sorti, les ayant chaussés, avec l'impression d'avoir renoué avec un univers qui m'appartenait en propre et que je connaissais intimement. Ce devait être à l'occasion d'un Noël enchanté, un vrai Noël de neige, puisque je ne me souviens guère des autres cadeaux, des autres surprises, à l'exception peut-être de ces paquets de pralines qui craquaient sous la dent et d'un petit vélo dont la fourche se brisa contre le portail lors d'une course trop disputée. En tout cas, la magie de la découverte, de la nouveauté, durait toute la matinée que nous passions à jouer sans prendre le temps de nous habiller, mais aussi pendant l'après-midi de ce jour qui a gardé, grâce au Noël de mes propres enfants, des couleurs pastel, jaune et bleue, et qu'éclaire la lumière chaude et dorée d'un grand lustre invisible.

Et puis, au fil des jours, le charme s'estompait. Nous retrouvions nos jeux traditionnels de traque ou de glissade, tandis qu'approchait janvier et que le froid resserrait sa poigne sur les champs et les prés. Mon père, parfois, m'emmenait à la chasse. Nous partions pour la plaine sillonnée de ruisseaux où se posaient des vols de vanneaux huppés, des sarcelles qui tournaient longtemps, inquiètes, avant de consentir à infléchir leur vol, des bécassines qui zigzaguaient comme des flèches ivres, tout un gibier d'eau qui passait la saison froide dans cette vallée régulièrement inondée.

Postés à l'affût derrière une haie de roseaux ou dans une cabane, nous ne parlions guère. Le ciel était comme une cloche de verre qui s'était refermée sur la plaine, nous isolant du reste du monde. Quelquefois la main de mon père me désignait l'oiseau qui tournait dans le ciel et il me disait :

— Surtout, ne bouge pas.

Je n'en avais nulle envie. Son bras touchait le mien, me délivrant, me semblait-il, de toutes les peurs que j'avais éprouvées depuis ma naissance, et j'aurais voulu être condamné à cette position, ne plus pouvoir m'éloigner de lui, ne pas avoir à le quitter, ni dans un an ni dans dix ans, jamais.

Je souhaitais de toutes mes forces que les sarcelles restent suspendues dans le ciel, que les oiseaux n'existent plus. J'étais le plus souvent exaucé. Alors un lourd silence retombait sur nous car mon père est un homme qui parle peu. Je l'écoutais respirer et son souffle tranquille, près de moi, me comblait et me désespérait tout à la fois. Car je le sentais proche et en même temps lointain, perdu dans des pensées que nous ne partagerions jamais, et la certitude de ne pouvoir combler cette distance me bouleversait.

C'est à lui que j'ai pensé, c'est dans la grande plaine gelée que je me suis retrouvé, vingt ans plus tard, quand j'ai lu cette phrase terrible de René Char : « Nous n'appartenons à personne, sinon au point d'or de cette lampe inconnue de nous, inaccessible à nous, qui tient éveillés le courage et le silence. »

Le 31 décembre, le même réveillon qu'à Noël regroupait les membres de la famille. J'y assistais, inconscient du changement d'année et de ses conséquences, car à cette époque insouciante le temps pour moi n'existait pas. Le lendemain, premier de l'an, était le jour des étrennes : parfois je recevais quelques menus cadeaux de parents, oncles ou tantes, en leur souhaitant la bonne année. C'étaient le plus souvent des marrons glacés, des crottes en chocolat ou ces merveilleuses pralines — de couleur rose ou marron — dont je sens encore sous la dent la saveur.

Ce jour-là, il y avait toujours quelques branches de gui à la maison, dont les boules, couleur de neige gelée, m'émouvaient inexplicablement. Elles demeuraient présentes jusqu'à la fête des Rois — l'Epiphanie — durant laquelle nous ne manquions pas de manger le gâteau traditionnel, symbole des liens d'affection qui doivent unir une famille. Les fèves étaient de vraies fèves, les couronnes dorées. Je les gardai longtemps, précieusement, comme des preuves que les fêtes, les vacances, le bonheur existaient autrement que dans mon souvenir.

Tels étaient mes hivers dont je rêve encore aujourd'hui, et dont je retrouve, chaque fois qu'il neige, des traces que ni les printemps ni les années ne sont parvenus à effacer.

14

L'hiver, parfois, s'éternisait et les beaux jours se faisaient attendre. Celui de 1956 a laissé une trace indélébile dans ma mémoire, car le froid et la neige nous contraignirent à rester enfermés une semaine. Tout était figé, prisonnier du gel, même les branches du marronnier qui se trouvait devant la fenêtre, et qui resplendissaient comme un lustre. Par moins vingt degrés dehors, on entendait, la nuit, éclater le tronc des arbres. Le matin, c'était le silence qui me surprenait quand j'ouvrais les volets : pas le moindre pépiement d'oiseau ni le moindre aboiement de chien, mais une température polaire, une neige et un vent qui nous empoignaient dès que nous mettions le nez dehors, un instant, quelques secondes, malgré l'interdiction décrétée par ma mère.

Je me souviens de cette longue semaine de grand froid comme d'une éternité aussi douce que l'édredon de plumes sous lequel je m'enfouissais la nuit, en espérant que l'hiver ne finirait jamais. Mais celui-là s'épuisa comme les autres, après la bénédiction des cierges à l'église le jour de la Chandeleur — cierges qu'il fallait précautionneusement ramener à la maison. Des crêpes nous attendaient, que ma grand-mère, dans son perpétuel souci de nous être agréable, confectionnait jusqu'à Carnaval, et que j'allais manger chaque soir dans la petite maison au retour de l'école De belles crêpes, bien dorées sur le feu de bois, qui le disputaient en saveur à des gâteaux de farine de maïs qui fondaient délicieusement dans la bouche. Je donnerais n'importe quoi aujourd'hui pour retrouver le goût de cette farine de maïs que plus personne n'utilise, pour une seule bouchée aussi précieuse à mon souvenir que la madeleine de Proust, dont je sais qu'elle abolirait en un instant les jours, les mois et les années qui me séparent de ces après-midi-là.

Les fêtes de Carnaval, elles, nous rapprochaient du printemps. Nous nous déguisions avec de vieux vêtements dénichés au fond des greniers, parcourions les rues en chantant :

« *Adieu pauvre, pauvre, pauvre,*
Adieu pauvre Carnaval. »

Mais il n'était plus d'usage de brûler un mannequin sur la place comme dans l'ancien temps. Les réjouissances païennes ou religieuses avaient déjà perdu leur lustre, et se résumaient en un bal costumé auquel j'assistai une année en Pierrot de lune. Si je m'en souviens si bien, c'est parce que ma mère mit plus d'un mois à le coudre, et que j'en suivis jour après jour la confection, subjugué par le satin blanc des manches, et la collerette gaufrée. Un mois d'effort de la part d'une mère et deux petites heures de plaisir pour son enfant. Qui dira le prix de ces choses-là, leur rareté, leur charme incomparable? Aujourd'hui, les parents se rendent dans les magasins, achètent en cinq minutes ce dont rêve l'enfant, et tout est dit. C'est sans doute pour cette raison que les enfants regardent à peine leurs jouets. C'est peut-être aussi un peu pour cela qu'ils deviennent adultes avant l'âge.

Qu'importe! Carnaval passé, je ne pensais plus qu'aux vacances de Pâques. Le chemin était long et pénible, car les mères à l'époque, surtout à la campagne, ne plaisantaient pas avec les préceptes de la religion, et le carême n'était pas un vain mot. Il n'était pas question de contester les règles d'une éducation religieuse sur laquelle, en outre, veillaient sévèrement les curés de village, aidés très efficacement dans leur sacerdoce, il faut bien le dire, par les ballons de football.

En fait, je ne comprenais rien au catéchisme, à tous ces mystères dont on me rebattait les oreilles, et j'apprenais par cœur des prières dont la musique, parfois, suffisait à me séduire. Je savais d'instinct que Dieu est plus présent dans les étoiles micacées du givre ou de la neige que dans les églises. Car la beauté gratuite prouve à mon sens davantage son existence que les psalmodies que certains lui adressent dans un langage qui n'est pas le sien. Au reste, comment appartiendrait-il seulement aux catholiques, et non pas aux protestants, aux bouddhistes ou aux musulmans?

Je n'ai rien retenu de ces heures sinon l'impression qu'on le cherchait où il n'était pas, un vague ennui pour les messes et le catéchisme, une véritable passion pour l'odeur des buis mouillés qui savent, eux, si bien parler de l'éternité. Ils peuplaient en effet les contours de l'église, une église qui ne m'apparaissait belle que le soir de Noël. Aujourd'hui, l'odeur des buis mouillés m'arrête où que je sois, de même celle de l'encens — que je ne respire, hélas, que lors des disparitions de mes proches —, et toutes deux m'incitent à lever la tête vers une lumière dont les rayons nous viennent, je le sais, d'un ailleurs très provisoirement abandonné.

Les prosternations, et les interminables cérémonies de Pâques me laissaient froid. Moi qui crois, comme Bergson sur son lit de mort, que l'univers est une machine à faire des dieux — sans doute au terme d'un processus de transformation de la matière —, je sortais de ces épreuves un peu inquiet sur les facultés des hommes à discerner des sentiers célestes qui ne soient pas des sentiers battus. Seuls les chants me semblaient aptes à établir une communication véritable avec l'au-delà, ou du moins la musique, qui, comme la poésie, est capable d'en capter la lumière précieuse, celle dont la lueur arrive parfois jusqu'à nous, vacille, puis s'éteint, dès que notre regard se tourne vers elle.

Je n'avais qu'un désir : fuir les confessions, les jeûnes du dimanche matin, les messes et les vêpres interminables auxquelles j'étais contraint d'assister. Tout cela commençait le dimanche des Rameaux, où nous apportions du buis pour le faire bénir, souvent même de véritables bouquets garnis de friandises que je croquais au retour avec la sensation de commettre un sacrilège.

Les cérémonies se multipliaient le jeudi saint, le vendredi saint et le jour de Pâques. Heureusement, les beaux jours étaient là, ramenant avec eux la liberté de courir dans les prés et les champs, où les oiseaux s'appelaient pour les épousailles. Ma grand-mère, retrouvant des habitudes de petite fille, nous entraînait dans les bois de Strenquels cueillir les jonquilles. Mon grand-père nous emmenait sur le causse chercher les morilles, chapeau marron sur corps blanc, difficiles à deviner entre les pierres, mais tellement savoureuses en omelette.

Les jours grandissaient, augmentant également le temps des loisirs le jeudi et le dimanche, où m'occupait surtout la recherche des nids dans les arbres et les haies, non pas pour les détruire, bien sûr, mais pour me rapprocher de cette vie secrète, tapie dans la verdure, dont la passion pouvait me faire rester des heures immobile, attentif seulement aux va-et-vient des mésanges et des fauvettes, des pinsons et des merles, autant qu'à ceux des insectes. C'est de cette époque, sans doute, que me vient le respect de tout ce qui est vivant autour de nous et que nous ne prenons plus le temps d'observer, de connaître.

Plus tard j'ai chassé moi aussi, suivant, en fait, sans me poser de questions, une coutume venue du fond des âges, et puis j'ai arrêté, dès qu'il m'est apparu que les ressources dont nous disposons aujourd'hui compensent largement la nécessité qu'avaient les hommes de l'ancien temps de se nourrir mieux. Car je me sens solidaire de chaque être vivant, y compris des animaux, qui participent à la même aventure que nous et qu'il convient d'aider, donc, dans la difficulté qu'ils ont de traverser la vie. D'où, sans doute, le fait que j'aime tant les hommes qui cassent la glace en hiver pour que les oiseaux puissent boire.

Pour ma part je m'y efforce les jours de grand froid, répandant également quelques graines dans mon jardin, éloignant les chats bien nourris qui guettent les merles dans la haie, heureux comme je l'étais alors de découvrir un nid de chardonneret ou de tourterelle dans le noisetier que je possède et qui me rappelle les chemins creux, bordés de violettes, de mon enfance.

Cette époque de l'année où tout renaît, où tout reverdit dans la douceur de l'air débarrassé des pointes vives de l'hiver, dessinait les prémices d'une prochaine liberté aux espaces plus amples, ceux des grandes vacances. D'ailleurs le mois de mai — « C'est le mois de Marie, c'est le mois le plus beau » — multipliait les congés scolaires, à commencer par le premier jour du mois où, avec ma grand-mère, nous allions chercher ensemble les œufs pour l'omelette traditionnelle du soir.

Puis c'était « la Victoire », le 8, et la gerbe déposée au monument aux morts, une fois hissé le drapeau français par le commandant des pompiers. A cette occasion-là, il faut avouer que je me suis moi aussi senti victorieux, et nos jeux de l'après-midi devenaient étrangement guerriers. On ne dira jamais assez l'exemple — édifiant ou néfaste — que les adultes constituent pour les enfants dont l'esprit n'a pas encore construit ses propres certitudes.

Le jour de l'Ascension, au contraire, des cantiques paisibles nous accompagnaient sur le chemin d'une procession à la Vierge, dans le village voisin de Cazillac, où m'emmenait ma mère. Survivance des anciennes rogations, ces processions n'ont jamais été pour moi une épreuve, au contraire : nous avancions en pleine nature, dans la verdure et sous un ciel de dragée, chantant des cantiques naïfs, mais dont l'innocence, la naïveté, justement, m'emplissaient d'aise. J'y trouvais une sorte de sérénité, qui provenait également de la lenteur de la marche, du parfum des fleurs, de la foi et de la confiance de ces êtres montant à la rencontre d'une Vierge si belle, si sereine, qu'elle ne pouvait qu'exaucer leurs prières. Ces journées ont pris dans ma mémoire les couleurs pastel de cette statue qui paraissait vivante, d'une extrême douceur, comme l'air que je respirais ce jour-là, sous des frondaisons qui sentaient le lilas.

Dans les prés bondissaient les premières sauterelles. Les jours devenaient interminables et déjà je songeais aux fenaisons prochaines. Il m'arrivait d'aller m'étendre dans l'herbe en train de croître, de regarder infiniment le ciel et de me sentir vivant par tous les pores de ma peau. A l'école, même, le maître devenait plus tolérant. Un immense horizon de bonheur s'ouvrait au cours de la lecture de l'après-midi, où tout semblait dormir autour de l'école dont les fenêtres demeuraient ouvertes. On entendait par instants des bruits de charrette, d'essieu mal huilé, le claquement clair d'un marteau sur la forge, l'enrouement d'un coq sur la colline voisine. C'était la vie séculaire des campagnes, lente et paisible, celle qu'avaient connue les hommes depuis des milliers d'années. Je ne savais pas encore qu'un autre monde était en marche, dans lequel nous allions tous, nous, les enfants du bonheur, être bientôt précipités. Le monde des illusions, des apparences et des fausses valeurs, des combats dérisoires, celui des machines qui remplacent les hommes, celui des images virtuelles, des beaux discours, des « fort vivants hennissants », comme disait Montherlant.

Ainsi, nous sommes des millions à avoir quitté la vraie vie pour aller travailler dans les villes, et sans doute presque autant à nous demander si les étés, là-bas, sont toujours aussi beaux, si là-bas l'eau des ruisseaux parle encore à ceux qui s'allongent sur l'herbe de leurs rives, s'il neige quelquefois, si les éteules continuent de blondir, les prés de reverdir, les arbres d'escorter fidèlement les chemins, si les nuits de juin crépitent d'autant d'étoiles scintillantes... à nous demander enfin, parvenus à l'âge où l'on se retourne de plus en plus souvent, si le train que nous avons pris un matin ne nous a pas conduits vers des territoires qui ne sont pas, qui n'ont jamais été, qui ne seront jamais les nôtres.

15

Un lieu privilégié de rencontre était le lavoir, qui se trouvait le long d'une route menant dans une grande plaine irriguée par trois ruisseaux dont les eaux débordantes, l'hiver, attiraient les bécassines et les colverts. Il tutoyait lui-même un ruisseau vif qui répondait au beau nom de Ladou. Des saules, des frênes et des érables ombrageaient cet abri dans lequel une courte plage de sable amenait à l'ouvrage maçonné qui captait l'eau à une extrémité avant de la relâcher, écumante, cinq ou six mètres plus loin.

Je m'y rendais avec ma grand-mère, poussant le *charretou* chargé de linge — une merveille, ce charretou bleu, qui était arrivé un matin dans notre cour, livré par le charron très fier de son travail, et il y avait de quoi. Tout y était net : les ridelles consciencieusement poncées, les brancards arrondis pour ne pas blesser les mains, les roues aux fers bien ajustés, les dimensions assez réduites pour ne pas nécessiter trop d'effort à la poussée, mais assez importantes pour permettre de porter les draps des grandes lessives d'automne et de printemps.

Car les lessives s'effectuaient avant le voyage au lavoir, qui ne servait qu'à rincer, du moins dans ma famille. Nous possédions en effet une lessiveuse qui était une sorte de bac en fonte posé sur un four de briques rouges dans lequel ma mère et ma grand-mère allumaient des feux impressionnants. Deux heures après, le linge bouillait, la pression de l'eau montait, et le tuyau vertical qui se terminait en arrosoir renvoyait la lessive dans le bac pour une meilleure imprégnation. Cela durait toute une journée, puis, le lendemain, le petit linge comme les grands draps étaient chargés sur le charretou que nous étions trois à pousser : mon frère, ma grand-mère et moi, pendant que mon grand-père, lui, guidait l'attelage en tenant fermement les brancards.

A notre droite était la voie ferrée, à gauche des prés toujours verts fleuris de boutons-d'or et de fleurs de pissenlits. Des vaches somnolentes nous regardaient passer en ruminant des rêves d'abreuvoir. Des pêcheurs nous encourageaient au passage, juchés sur des bicyclettes vieillottes, leurs cannes de bambou reposant sur la barre centrale du cadre et le porte-bagages. Après un dernier effort pour monter la petite côte du pont, nous redescendions vers le pré qui, à gauche de la route, conduisait à l'entrée du lavoir. Je poussais la porte avec précaution, car il régnait dans ce refuge une pénombre fraîche et mystérieuse d'où pouvait surgir n'importe quel animal de légende, comme cette bête du Gévaudan dont je venais de lire l'histoire et qui m'inquiétait fort.

Mon grand-père nous aidait à décharger la lessive, puis il repartait, promettant de revenir en fin d'après-midi. Je préférais les jours où nous étions seuls, ma grand-mère et moi, dans cette petite chapelle de verdure ombreuse, mais ce n'était pas souvent le cas. Des lavandières, un mouchoir noué sur la tête, s'agitaient devant leur *banchou*, cette planche rugueuse sur laquelle elles frottaient leur linge avec de grands pains de savon de Marseille, ou le frappaient avec un battoir en bois, ou bien le rinçaient avec de grands moulinets de bras. Je les connaissais toutes, ainsi que leurs psalmodies que soulignaient le bourdonnement des mouches, le chuchotis de l'eau et le frisson de soie des libellules.

Elles récapitulaient les événements les plus obscurs de leur vie, amenant invariablement la discussion sur des parentèles compliquées, des épreuves et des deuils où chacune revendiquait la première place. Ma grand-mère, elle, parlait peu, sinon, par convenance, pour demander des nouvelles de tel ou telle que l'on disait bien fatigué, ce qui signifiait qu'il était sur le point de mourir.

Ces parlotes ne m'intéressaient guère. J'entrais dans l'eau en aval, et, en évitant le nuage de savon, je pêchais à mains nues après avoir écarté de la main les araignées d'eau qui griffaient la surface. Le sable du Ladou, lui, glissait entre mes doigts de pieds, tandis que je m'approchais des berges pour glisser une main tremblante sous les racines. Il s'agissait, comme je l'ai déjà dit, d'avancer doucement les doigts, puis, une fois le contact établi avec les écailles, de caresser les flancs du poisson qui, s'il n'avait pas jailli au premier contact, était comme aimanté par la chaleur de la main. Il suffisait de remonter vers les ouïes et de serrer brusquement pour y faire pénétrer le pouce et l'index. Tout cela en théorie, comme me l'avait enseigné le braconnier, car la pratique était plus difficile, surtout lorsque un serpent d'eau filait entre les mains.

Alors, les jambes et les mains dures et froides comme du fer, je revenais vers les épaisses frondaisons au cœur desquelles était blotti le lavoir.

— Où étais-tu passé? demandait ma grand-mère.

Je ne répondais pas. Je m'asseyais au fond du frais refuge et je me laissais emporter par les voix des lavandières avec l'impression que toutes ces femmes me protégeaient comme si j'avais été leur enfant.

Je me souviens surtout de l'une d'entre elles : une forte femme, simple et généreuse, qui faisait la lessive de plusieurs familles. Une lumière ardente brillait dans ses yeux noirs où des éclairs de folie voisinaient avec l'innocence la plus candide. Les gens se moquaient d'elle mais l'aimaient bien. Elle parlait fort, avec des éclats pleins de fureurs ou de rires, vivait seule dans une sorte de vieux moulin cerné d'eaux menaçantes, et, malgré ses pauvres ressources, ne semblait pas malheureuse. Elle n'est pas morte : je l'ai rencontrée il y a peu sur sa bicyclette antique et je lui ai dit bonjour. Ce bonjour d'un inconnu lui a fait ouvrir la bouche de surprise, mais à la lumière qui s'est allumée dans ses yeux, j'ai compris qu'elle était contente.

Il y en avait d'autres, bien sûr : Louise, Laure, Etiennette ou Léontine, toutes en chignon et cheveux blancs, vêtues de tabliers de campagne à grosses fleurs, appliquées dans leur travail et dans leurs existences qui, sans les conversations qu'elles suscitaient, eussent été dérisoires. Dérisoires mais heureuses, je le crois volontiers, parce que leur horizon était des plus limités et le bonheur, pour peu qu'on y fût enclin, se trouvait à portée de la main. C'est en tout cas l'impression dominante que je garde de ces heures étroites et transparentes comme l'eau du ruisseau : celle d'une joie de vivre qui consistait avant tout à se contenter de ce que l'on possédait, à aimer l'eau, l'ombre, le soleil, et à parler à celles et ceux qui partageaient avec soi la même destinée sur la terre des hommes.

Au retour, sortant brusquement de l'ombre et d'une quiétude proche du sommeil, j'étais aveuglé par la violence de la lumière et du bruit, surtout si un train passait sur la voie ferrée. Moi rêvant, ma grand-mère fatiguée par le rinçage du linge, mon grand-père était obligé de faire de gros efforts pour tirer le charretou ruisselant. C'était la fin de l'après-midi, un silence de plomb pesait sur la plaine, seulement troublé par la ronde des hirondelles. Le ciel à l'horizon prenait une teinte orangée qui annonçait d'autres journées de soleil. Au fur et à mesure que nous approchions du village, des rumeurs de cuisine s'échappaient des fenêtres, derrière lesquelles, parfois, une femme chantait. Je ne savais pas que ce chemin prendrait pour moi la couleur lumineuse et pour toujours figée de ces tableaux de Corot, où les hommes et les femmes sont délicatement fondus dans les paysages comme des arbres dans une forêt.

Je me demande pourquoi ces retours du lavoir me donnent envie d'évoquer dès à présent les fêtes de l'avant-dernier dimanche d'août. Sans doute — probablement — parce que la musique des manèges m'a accompagné souvent sur cette petite route, à l'âge où, adolescent, je n'étais plus seul pour l'entendre. Sans doute aussi parce que, durant ces journées de réjouissances, un stand de tir en barrait presque totalement l'accès, si bien qu'aujourd'hui encore, si je vais du lavoir vers le village, je devine ce stand qui ouvrait les portes d'un univers d'autant plus fabuleux que l'on n'y avait accès que trois jours dans l'année.

Les fêtes étaient à l'origine destinées à célébrer le saint patron d'une commune. Mais comme souvent, au cours des siècles, les fêtes religieuses sont devenues païennes, à plus forte raison pour notre commune qui, récemment créée, n'en possédait pas. Nous ne nous en souciions guère, nous, les enfants, qui parcourions les rues dès le début de la semaine qui précédait la date fixée pour les réjouissances. Aussi avisés qu'un vol de corbeaux, nous guettions l'arrivée des premiers manèges, qui, pour n'avoir pas le lustre qu'ils possèdent aujourd'hui dans les grandes fêtes foraines, n'en étaient pas moins, à nos yeux, magnifiques.

Chevaux de bois, avions, autos-tampons, chenilles, stand de tir, loteries avaient tous et toutes leur place attitrée d'une année sur l'autre, où nous les regardions construire par les hommes du voyage dont nous nous méfiions sans bien savoir pourquoi. Une année, une seule, s'installa un tapis roulant, qui montait vers une estrade haut perchée, d'où l'on s'élançait sur une sorte de luge glissant sur des rails de bois. L'ayant fréquenté plus souvent qu'à mon tour, malgré mon jeune âge, cette année-là, je n'ai jamais compris

162

pourquoi il n'était pas revenu au village. J'ai appris par la suite qu'il était très dangereux et que ce genre de manège avait disparu.

Les forains montaient donc leur manège — aujourd'hui on dit « métier » — trop lentement à notre goût, et chaque fois que je devais regagner ma maison, je ne pensais qu'à revenir au plus vite vers eux, dans l'espoir de les découvrir dans toute leur gloire. Ils l'atteignaient la veille du grand jour, c'est-à-dire le vendredi soir : alors ils resplendissaient de toutes leurs couleurs, le plus souvent violentes, prêts à vivre, animés par ces musiques populaires qui m'ont toujours bouleversé. Je veux parler de celles que distillent si bien les orgues de Barbarie ou les accordéons. C'est la musique de la pitié pour les hommes et les femmes qui souffrent. Celle qui chante à la fois leur douleur de souffrir et leur plaisir de vivre. Les complaintes. Les chansons à deux sous, celles des chanteurs de rue et des filles perdues. Celles du courage aussi, que le malheur ne saurait ébranler.

Je ne fermais pas l'œil de la nuit, m'endormais seulement au matin pour être réveillé tout aussitôt, me semblait-il, par les « bombes » qu'un artificier faisait éclater au foirail, et dont la déflagration mettait le village en émoi, comme si elle célébrait le souvenir de quelque victoire depuis longtemps enfouie dans la mémoire collective. Peu après, résonnaient les premières notes de la fanfare en uniforme qui parcourait les rues pendant trois jours, les conscrits de l'année marchant devant, au son d'une musique martiale qui ressemblait fort à une musique militaire.

Je suis frappé aujourd'hui, en écrivant ces

pages, du fait que ces réjouissances publiques plongeaient leurs racines dans la plus pure tradition nationaliste. Malgré mes réticences, et pour faire plaisir à mes parents qui y tenaient beaucoup, j'ai défilé moi aussi devant cette fanfare à dix-huit ans, vaguement conscient de participer à quelque chose à quoi j'étais instinctivement hostile, d'autant que ce défilé s'achevait toujours par le dépôt d'une gerbe au monument aux morts.

Car, il faut bien le dire, je n'ai pas la fibre guerrière. Pour moi, les frontières n'existent pas, les races se valent toutes, et les hommes aussi. Je me sens un citoyen du monde, semblable à chacun de ces hommes qui sont engagés dans la même aventure de la vie, et dont le but est sans doute que l'esprit gagne sur la matière, le bien sur le mal, la compassion sur la haine, en dépit des cultures et des séparations artificielles entre les pays. En outre, les épreuves subies par mon père et mes deux grands-pères m'autorisent à écrire ce qui va suivre : ils sont allés défendre nos frontières, eux, et d'autres, dans ma famille, l'ont payé assez cher. Aussi, quand je vois aujourd'hui les Mercedes arrêtées devant les monuments aux morts, quand je regarde la chaîne de télévision (Arte) où l'on parle à la fois allemand et français — ce dont je me réjouis —, je me dis qu'il n'était peut-être pas nécessaire que tous fussent tués dans ces guerres absurdes. J'imagine volontiers la résurrection d'un poilu de Verdun, déchiqueté après deux ans de terribles souffrances, tout à coup projeté dans l'Europe d'aujourd'hui. Ne nous demanderait-il pas pourquoi il a tant subi, tant souffert, tant pleuré ? J'ai conscience en écrivant cela de me trouver en marge des idées communément admises, mais je suis sûr que mon grand-père m'approuverait, lui qui « a eu honte d'être un homme » entre 1915 et 1918. Car si ceux qui courent aux frontières ont raison devant l'Histoire, il me semble avoir raison devant le temps. Or l'Histoire des hommes est une si petite parcelle du temps que je ne suis pas sûr qu'au bout du compte elle ne soit pas parfaitement dérisoire.

Voilà qu'elle nous a entraînés bien loin, la fanfare de la fête, dont j'étais sous le charme, moi comme les autres — comme ma grand-mère, cette sainte femme qui m'avoua un jour, non sans une grande confusion, éprouver une certaine attirance pour l'uniforme. Nous courions à côté des musiciens avec la sensation de bénéficier d'un peu de leur gloire, des applaudissements dispensés par les habitants sortis sur les seuils. Je courais moins vite que les autres, déjà, il faut le dire, convaincu que cette gloire n'était pas, ne serait jamais la mienne.

D'ailleurs, après avoir parcouru trois ou quatre fois les rues du village, la fanfare s'arrêtait devant chaque maison pour donner des aubades : il s'agissait de jouer l'air souhaité par les propriétaires des lieux, qui, en échange, remettaient quelques francs aux jeunes « de la classe », afin de participer au financement de la fête.

Ces aubades duraient toute la journée, coupées seulement par une brève halte à midi pour un repas dont les musiciens sortaient vaguement titubants, les yeux brillants, un peu moins assurés dans leur marche, d'autant que, devant les cafés, les aubades ne s'achevaient jamais sans un verre — car nous étions en août et il faisait très chaud.

Vers le soir, la musique des manèges retentissait enfin, relayant celle de la fanfare que les enfants abandonnaient sans scrupules, pour aller s'agglutiner sur les marches des chenilles ou des autos-tampons, impatients de les voir se mettre en mouvement, dans cette odeur unique de caoutchouc chaud qui me submerge encore aujourd'hui dès que je m'approche d'une fête foraine — uniquement pour cette odeur, il faut bien l'avouer : odeur exaspérée par celle des pétards, de la poudre, du sucre chaud, des nougats et des berlingots que la marchande coupait avec de grands ciseaux devant les enfants impatients.

Le repas du soir me semblait interminable. Mes parents s'en amusaient un peu, mais sans pousser le jeu trop loin. Bientôt mon père se levait, nous appelait, mon frère et moi, nous donnait un billet ou quelques pièces. Ce présent valait autorisation de départ. Nous courions, aiguillonnés par la musique des manèges dont les lumières multicolores illuminaient la nuit. Premiers tours, premiers plaisirs dans ces chenilles qui tournaient à une vitesse folle et se couvraient d'une capote verte tandis que résonnait une sirène dont le hurlement dominait tous les bruits de la fête. D'un manège à l'autre, des chenilles aux autos-tampons, nous courions entre les stands aux lumières changeantes, le temps de nous étourdir dans la poudre brûlée par les carabines de tir.

A dix heures, la fanfare donnait le signal de la

retraite aux flambeaux, que grands et petits promenaient dans les rues derrière « la musique », vestige d'une époque lointaine où les torches accompagnaient les processions nocturnes. Dans cette effervescence de bruits et de lumières, il me semblait que le jour ne reviendrait jamais, que les cortèges joyeux ne se désuniraient pas, que les manèges tourneraient indéfiniment pour la plus grande joie des petits et des grands.

Passé minuit, pourtant, ce premier soir, il fallait regagner la maison, tenter de s'endormir en sachant que d'autres continuaient à s'amuser là-bas, et en écoutant s'éteindre la musique lointaine. Heureusement, le lendemain, les bombes réveillaient le village de bonne heure et tout recommençait. Et déjà la fanfare faisait résonner les rues de ses cymbales et de sa grosse caisse qu'actionnait un colosse roux, suant dès l'aube, qui tentait désespérément de suivre la cadence. Des jeux organisés par le comité des fêtes animaient le village jusqu'à midi : courses en sac, jeux de piste, mât de cocagne que les plus adroits escaladaient sans peur de lâcher le mât préalablement savonné, et qui, ayant réussi, exhibaient leur butin comme un trophée de chasse.

L'après-midi, des chars fleuris — qui avaient été construits patiemment pendant les semaines précédentes — attiraient la grande foule qui les admirait jusqu'au soir, tellement les rues étaient embouteillées et le cortège d'une extrême lenteur. C'était le moment où les manèges travaillaient le plus, car les parents se débarrassaient de leurs enfants en leur payant de nombreux tours, sans regarder à la dépense. Ils pouvaient alors s'asseoir à la terrasse des cafés qui, tous, avaient sorti leurs tables à nappe de papier blanc, et profiter de la fête dans une insouciance, une vacuité qu'ils savaient provisoires et d'autant plus précieuses.

Je retrouvais le soir, sur les visages, cette insouciance heureuse, au cours du bal public. Si je n'ai jamais aimé danser, j'aimais voir danser les autres, surtout les adultes qui savaient si bien profiter de la moindre halte dans leur vie, au son d'un accordéon. Je me souviens de leur sourire, de cette faculté qu'ils avaient de se mouvoir au son de la musique, de la grâce des femmes, de ce temps suspendu pendant les tangos et les valses, les slows et les pasos, danses tellement différentes des balancements primitifs d'aujourd'hui, que c'est à peine si j'ose les évoquer.

Moi, je ne dansais pas, je regardais les robes de couleur étinceler sous la lumière des lampions, et je me disais que ces hommes et ces femmes accablés de travail et de soucis auraient au moins abordé à des îles heureuses une fois dans leur vie. Je cherchais aussi mes parents pour surprendre leur bonheur du moment, m'en réjouir dans l'ombre, certain, déjà, que cette musique de bal me poursuivrait toute ma vie et demeurerait dans ma mémoire un précieux témoignage de barrières abolies, de joie simple et partagée par ceux que la mort séparerait un jour, d'instants privilégiés dérobés au destin.

A minuit, tout le monde s'arrêtait pour regarder le feu d'artifice tiré de la colline voisine. C'étaient des cris et des applaudissements, une même admiration naïve, une même émotion sous les lueurs violentes qui incendiaient le ciel. Le feu s'achevait dans une salve crépitante, qui saluait la fusée multicolore dont la corolle retombait lentement sur la terre.

Le lendemain lundi, les mêmes jeux que la veille précédaient le concours de boules ou la course cycliste. Survenait alors le dernier soir qui me voyait, toutes ressources épuisées, rejoindre de nouveau le bal, avant qu'il ne s'achève. Une grande tristesse tombait sur moi, malgré les sourires, les robes miroitantes, les violons et les valses. Qui dira vraiment un jour ce que les bals publics ont apporté aux hommes et aux femmes durant ces années-là? Pour ma part, j'ai essayé, mais je ne suis pas sûr d'avoir réussi à le faire comprendre à ceux qui ne les ont pas connus.

La lueur des lampions m'éclaire encore quelquefois, quand je repense à ces fêtes enfuies. Une sensation de bonheur rare m'envahit chaque fois que j'entends une musique de bal, dont les notes grinçantes me transportent dans un ailleurs précieux. J'entends des refrains qui me transpercent et que je ne peux m'empêcher de fredonner, en sachant qu'ils vont aussitôt instiller en moi un poison merveilleux. Et aujourd'hui, tandis que se sont éteints depuis longtemps les lampions de la fête, je sais qu'ils sont nombreux, ceux qui auraient envie de danser « comme au bon vieux temps, quand ils avaient vingt ans » et que plus nombreux encore sont ceux qui se rappellent combien la vie semblait belle, pendant ces nuits lumineuses des étés d'autrefois.

16

Il existait aussi de grands rassemblements à dates fixes que tous attendaient avec impatience : les foires. Peut-être plus encore ceux qui vivaient isolés dans les fermes de la plaine ou du causse, et pour qui c'était l'occasion de retrouvailles, de discussions, de rencontres où ils apprenaient les nouvelles du monde. Car les échanges, alors, ne s'effectuaient pas par écran interposé, mais par un contact direct et le plus souvent chaleureux. J'ai déjà évoqué le « finissez d'entrer » de ceux qui, recevant une visite, invitaient à boire le verre de l'amitié. Il existait un code savant de bonnes relations dont le plus important était sans doute de savoir rendre service à celui dont on était devenu l'obligé. Celui-là devait faire en sorte que son obligé fût en mesure de se libérer de sa dette, afin de continuer à vivre dans l'honneur et le respect des autres.

J'assistais à l'exercice de ces conventions secrètes, sans les avoir apprises mais en devinant leur sens caché lors de ces foires, qui attiraient plus d'un millier de personnes et duraient depuis l'aube jusqu'à la nuit. Le 8 et le 25 de chaque mois, donc, pour me rendre à l'école, je traversais, émerveillé, ce monde bruyant et gai, dont les territoires étaient strictement délimités : au foirail se tenait le marché aux vaches, en face du monument aux morts celui des volailles, après la barrière, le long de la voie ferrée, celui des moutons, aux abords de l'école, enfin, celui des porcs.

Je tentais de me frayer un passage dans la foule bruyante, au coude à coude avec des paysans en blouse ou costume de velours, des forains, des camelots qui cassaient de la vaisselle, des maquignons, toutes sortes de marchands venus vendre là des ustensiles à bas prix, des outils, des machines agricoles, des vêtements à la rusticité sévère, des volailles, des œufs, des cages à lapins, et même de la poudre de perlimpinpin qui trouvait aussi des acheteurs, dans l'euphorie qui suivait les repas de midi.

C'était l'heure où nous sortions de l'école. Les achats de bestiaux étant terminés, leur pesée s'effectuait à la bascule publique qui se trouvait proche du grand café-restaurant où se concrétisaient les marchés devant des verres d'apéritif. L'agitation était alors à son comble, le mouvement des animaux à déplacer provoquant de grands mouvements de foule, des cris, des beuglements qui dominaient par instants le vacarme. Je m'éloignais le plus vite possible pour aller voir le grand bazar où, pour quelques francs, on pouvait acheter des trésors : un couteau, un lance-pierres, des agates, des soldats qui n'étaient pas de plomb, des lunettes de soleil dont les verres tombaient dès qu'on les ajustait sur le nez, que sais-je encore ?

Je me dépêchais de rentrer chez moi car je

savais que j'y verrais mon grand-oncle et mon arrière-grand-mère descendus à la foire sur leur petite charrette tirée par un âne. Mon arrière-grand-mère était une femme extraordinaire qui avait plus de quatre-vingts ans, à l'époque, l'une de ces femmes dures comme la pierre que l'on ne rencontrait que sur le causse. Au début du siècle, elle avait vécu à Paris, en était revenue avec quelque argent et avait trouvé facilement un mari. Elle avait pu acheter une minuscule maisonnette au bord d'un éperon rocheux qui domine la vallée, et y vivait avec son deuxième fils Julien, trois chèvres, un âne, un jardin, une vigne, et une terre où ils cultivaient du maïs pour leurs bêtes.

Mon grand-oncle, lui, était à la fois charpentier et paysan. Mais il s'occupait surtout de sa mère et de la maison, travaillait seulement « à la journée », chez un patron de la vallée, quand il en avait le temps. Ils n'avaient même pas d'eau, là-haut. Il fallait aller la chercher beaucoup plus bas, sur le versant, y compris celle des bêtes. Ils ne possédaient rien, d'ailleurs, se chauffaient l'hiver à la chaleur des chèvres dont l'étable communiquait avec la masure dans laquelle ils vivaient, et aussi, bien sûr, avec la cheminée du cantou dans laquelle mon arrière-grand-mère faisait la cuisine.

J'aimais les voir, les écouter. J'aimais aller chez eux aussi, car je savais que c'était à la rencontre de quelque chose que je ne pouvais pas m'expliquer à l'époque, mais que j'ai compris en lisant les *Carnets* d'Albert Camus : « C'est dans cette vie de pauvreté, parmi ces gens humbles, que j'ai le plus sûrement touché ce qui me paraît le sens vrai de la vie. » Qu'on me comprenne bien : je n'accepte pas la misère, que je combats de toutes mes forces, mais je crois, comme Albert Camus, « qu'on peut avoir, sans romantisme, la nostalgie d'une pauvreté perdue »

Rien ne m'émeut plus, même aujourd'hui, qu'une chemise rapiécée, que des vêtements qu'on fait durer, qu'un panier de jardin plein de légumes, que des pièces qu'on compte sur une table ou sur un comptoir. Et je ne me sens vraiment chez moi que dans des lieux arides, des murs blancs, un mobilier rudimentaire, parmi des choses dont on use avec parcimonie.

Est-ce pour cette raison que je possède aujourd'hui la maison (la masure) de Julien et de sa mère ? Sans doute. En tout cas, quand Julien m'a dit, quelques années avant sa mort, un jour où, assis sur son banc, nous regardions devant nous les cent cinquante kilomètres de ciel bleu au fond desquels on aperçoit parfois les sommets de l'Auvergne : « Ecoute, cette maison, quand je serai mort, faut pas qu'elle parte », cela signifiait qu'il fallait qu'elle reste dans la famille. J'ai promis. Et j'ai tenu ma promesse. Celle-là, je ne la vendrai pas. J'ai donc la chance de pouvoir souvent monter à Murat, mes « bastides blanches à moi » qui, aurait dit Giono, sont posées « comme des colombes sur l'épaule de la colline » et d'où j'entends « ronfler, dans la plaine, la vie tumultueuse des batteuses ».

Cette ancre dans le ciel me rassure et me fait souvenir du temps où j'écoutais Julien me parler de sa vie. Demeuré seul après la mort de sa mère, il parlait surtout à ses chèvres. Vers la fin, il souffrait beaucoup, car il vivait courbé en deux sur sa canne de buis. Mais il ne se plaignait pas, malgré de fréquents séjours à l'hôpital où j'allais fréquemment le voir pour le rassurer, perdu qu'il était dans un monde qui n'était pas le sien.

Il est mort il y a peu de temps. « Je voudrais, si c'est possible, ne pas trop souffrir », me disait-il, et j'avais du mal à trouver les mots, surtout quand j'arrivais en fin de matinée et qu'il m'avouait, d'une voix lasse, me regardant avec des yeux d'animal pris au piège :

— Cette nuit, j'ai bien pâti.

Car il avait des mots à lui, des mots d'avant, dont la saveur sans pareille me bouleverse encore, chaque fois que j'entends sa voix.

La dernière fois que je l'ai vu, que je lui ai parlé, je crois qu'il ne m'a pas entendu. C'était dans une maison de soins, à Martel, pas très loin de chez lui. Il déclinait très vite et son esprit, heureusement, ne le reliait plus vraiment à la réalité. Ses yeux, pourtant, me disaient quelque chose, mais quoi ? Sans doute voulait-il me parler de la maison, me la recommander une dernière fois. J'espère qu'il la voit aujourd'hui, intacte mais rejointoyée, toiture entièrement refaite en vieilles tuiles, solide sentinelle de l'éperon rocheux qui veille sur la vallée.

J'avais fait de ce grand-oncle le héros de mon récit *Antonin, paysan du causse*. Il s'y était reconnu, et il en était fier, je crois. De même qu'il était fier du fait que je sois devenu écrivain, puisqu'il me demandait invariablement, chaque fois que je m'asseyais face à lui :

— Alors ? Ces livres ?

Lui-même lisait seulement en hiver, quand les intempéries le contraignaient à demeurer à l'intérieur. Je lui en donnais, et il me les com-

175

mentait, portant des jugements qui n'étaient pas dénués de bon sens. Quand il les avait lus, si je tardais trop à remonter à Murat, il ne m'en tenait pas grief.

— Je les repasse, me disait-il avec une sorte de jubilation dans la voix.

C'était un homme fidèle, industrieux et lent. Pour lui, le temps n'avait pas la même durée que pour nous. Il vivait à la vitesse de ses gestes paisibles et savants, maniait l'outil sans hâte, parce que le temps, là-haut, dans la main du ciel, je le sais aujourd'hui, n'existe pas. Ce village est demeuré tel qu'il était pendant les années trente, à l'écart des routes et des hommes pressés.

Si bien que les clients de Julien attendaient ses portes et ses fenêtres, un an, deux ans, parfois cinq ans. Je le vis même à la fin de sa vie demander le règlement d'une facture qui datait de vingt ans, et je me souviens encore de son air offensé quand on refusa de la lui payer. Mais son indignation venait surtout du fait qu'on avait semblé lui reprocher de la faire payer deux fois. Car il était honnête comme personne ne l'a jamais été, et je me dis que c'est heureux qu'il soit parti, car il vivait douloureusement dans un monde qu'il ne pouvait pas comprendre.

Ainsi était-il, cet homme qui repartait avec sa mère toute vêtue de noir sur la charrette tirée par un petit âne gris, à la fin de la foire, dans les années cinquante. Mais il n'était pas le seul à venir nous rendre visite, ces jours-là. Toute la proche parenté défilait à la maison, y déjeunait le plus souvent. Ainsi, Philomène et Henri, qui descendaient du causse, eux aussi, mais à pied. Henri était maçon. Il travaillait chez nous à l'occasion, et je ne l'ai jamais vu habillé que de son bleu de travail et d'une ceinture de flanelle. A Philomène je dois beaucoup, puisqu'elle a donné son prénom à mon héroïne des *Cailloux bleus*, et certainement aussi un peu de sa candeur et de sa générosité. Elle venait vendre des volailles et des œufs, s'en retournait les yeux émerveillés d'avoir vu plus de monde en une seule matinée qu'en un mois de sa vie.

Ils habitaient Ripane, un hameau blotti sur le causse, où je suis allé quelques jours, une année, en vacances. C'est chez eux que s'est caché mon père après son évasion d'une caserne contrôlée par les Allemands, en attendant de rejoindre le maquis. Je revois le chapeau de paille de « Philo », son panier d'osier noir, son tablier à fleurs, et cette faculté qu'elle avait, qu'avaient ces gens, d'embellir tout autour d'eux. Où sont-ils aujourd'hui : Marie, Jean, Germain, Germaine, Henri, Philomène ? Ah ! si le monde pouvait être peuplé d'êtres comme ceux-là ! Ils étaient les derniers d'une génération qui n'avait connu que le travail et qui était heureuse seulement de manger à sa faim. Ils m'ont appris la bonté inépuisable des humbles, de ceux qui n'ont rien, sans jamais me préparer à la rapacité de ceux qui ont beaucoup, car ils n'en ont jamais connu, et c'est très bien ainsi.

Les deux derniers, à survivre : Philomène et Julien, ont été enterrés à deux ans d'intervalle, Julien en 1994. Chaque fois que j'ai accompagné l'un d'entre eux à sa dernière demeure, en quittant le petit cimetière du causse, j'ai vraiment eu la sensation que le monde venait de perdre ce que l'humanité pouvait faire éclore de meilleur.

C'est peut-être un peu ridicule de s'exprimer ainsi, mais c'est pourtant exactement ce que je ressens encore aujourd'hui, en pensant à leurs tombes, où les bercent les sonnailles des dernières brebis, dans l'odeur des pierres chaudes et des genévriers. Ils m'aident à vivre. Car il me suffit de fermer les yeux pour les deviner dans l'ombre, pour les entendre et pour savoir que, d'où ils sont aujourd'hui réunis, ils veillent sur moi.

17

Nous n'étions pas propriétaires de notre maison, mais seulement locataires. Je m'en inquiétais parfois, auprès de ma mère, car cette situation me paraissait incompatible avec ce besoin d'abri sûr, indestructible, qui gouvernait mon enfance. J'avais sept ans quand mes parents m'annoncèrent qu'ils avaient décidé d'acheter le terrain voisin de celui où nous vivions pour y faire construire notre maison. Sans doute n'ai-je jamais si bien dormi que cette nuit-là. Et il ne se passa pas un jour, par la suite sans que je m'enquière de l'avancement du projet. Mais que le temps me parut long entre le jour où ma mère m'annonça la nouvelle et le jour où commencèrent les fondations! Un an, ou presque, s'écoula, et il me sembla que le rêve ne se réaliserait jamais.

Pourtant, un matin, les camions arrivèrent, conduits par mes deux oncles de Sarlat, qui étaient maçons, comme leur père. Mon père, lui, avait choisi de devenir commerçant, et je l'ai regretté quelquefois, non pas pour lui, mais pour moi, car je suis sûr que je serais devenu maçon à mon tour si j'en avais eu l'exemple quotidien sous les yeux.

J'ai, en effet, tout de suite été fasciné par les tailleurs de pierre venus du Sarladais — car dans cette époque pas si lointaine les maisons étaient bâties en pierres, et non pas en briques ou en moellons, comme aujourd'hui. Et il fallait plus d'une année pour en construire une, alors que de nos jours on en monte en un mois, avec cette rapidité propre à une époque où tout le monde court, sans savoir vers où ni pourquoi.

J'ai donc eu tout le temps de les observer et d'admirer leurs mains savantes, la massette cognant toujours au bon endroit, et la pierre venant s'encastrer dans l'espace qui lui était destiné, comme si elle avait été moulée à cet usage. Ils travaillaient lentement, mais sans s'arrêter, du matin jusqu'au repas de midi, et de deux heures de l'après-midi jusqu'à la nuit. Je devinais qu'ils travaillaient avec plaisir, car ils riaient beaucoup et plaisantaient avec leurs compagnons, sans que leurs mains hésitent ou demeurent vacantes. Elles étaient couvertes de poussière blanche, ces mains, et pourtant je les trouvais belles. Eux, je les enviais de savoir si bien travailler, d'être capables de monter les murs d'une maison de deux étages qui nous abriterait bientôt et défierait le temps.

Pendant presque six mois, à midi et le soir, ils mangèrent à notre table, ces compagnons, avec mes deux oncles, qui, bien que patrons, taillaient les pierres à leur côté. Ma grand-mère, qui faisait la cuisine, devait se lever tôt pour donner à manger à tant d'hommes. Le soir, ils couchaient à l'hôtel, et le samedi ils retournaient à Sarlat.

Quelle fête c'était, que ces repas pris en commun, avec ces travailleurs qui mangeaient et buvaient comme des ogres! Durant ces années-là, en effet, quand on le pouvait, on nourrissait les ouvriers, ce qui réduisait d'autant la facture à payer en espèces.

Mon souvenir est plein de repas interminables, de rires, de cris, de poings frappant sur les tables, de chants, de mets tous aussi délicieux les uns que les autres, que ma grand-mère mettait à mijoter le matin de bonne heure, amoureusement : civet de lapin, pigeons aux petits pois, poule farcie, gigot d'agneau aux haricots blancs, confits de canard, que sais-je encore? Au point qu'aujourd'hui même les festins les meilleurs dans les restaurants les plus réputés me paraissent fades, sans saveur, parce qu'il y manque peut-être l'essentiel : le plaisir partagé par les convives de l'avoir bien gagné.

Pour le reste, je n'ai jamais manqué de rien, car les distractions étaient gratuites dans les champs et les prés. Quelquefois nous allions au cinéma, mais il ne fonctionnait que l'été, car il n'était rentable qu'avec l'arrivée des vacanciers, Parisiens pour la plupart, dont les villageois se moquaient des habitudes et du parler pointu. Ce cinéma, avec ses fauteuils de bois et son balcon étroit, je le trouvais splendide alors qu'il était vétuste, sans aucun confort, mais l'essentiel se passait sur l'écran. Du *Pont de la rivière Kwaï* à *Notre-Dame de Paris*, du *Plus Grand Chapiteau du monde* à *Arènes sanglantes*, je suis grâce à lui entré dans le monde merveilleux de l'image, j'ai accédé à des univers inconnus, admiré Anthony Quinn et Gina Lollobrigida et je me suis évadé vraiment, pour la première fois, des rues de mon village.

C'était l'époque du Technicolor, des actualités Pathé, des films à grand spectacle dont n'était pas absent un certain romantisme, et d'où je sortais complètement bouleversé pour plusieurs jours ; je commençais seulement à deviner que l'art pouvait transformer la vie, et j'en demeurais ébloui, sans comprendre réellement de quelles merveilleuses frontières je m'étais approché, mais vaguement conscient qu'il y avait là, comme dans les livres, quelque chose qui, en embellissant ma vie, me grandissait.

J'ai retrouvé toutes mes sensations, mes émotions d'alors dans le film intitulé *Cinéma Paradiso* dans lequel on voit vivre et mourir un cinéma de village, avec toute la magie, l'enchantement qu'un tel spectacle suscitait à l'époque. Philippe Noiret y joue le rôle du faiseur de miracles, avec la même passion que j'ai connue chez l'opérateur qui officiait dans « mon cinéma », parcourant en camionnette toute la région, pour le plus grand plaisir des populations qui ne possédaient pas encore la télévision.

Je m'y rendais le plus souvent le dimanche avec mes parents, qui étaient aussi heureux que moi, car faire plaisir à leurs enfants était l'une de leurs préoccupations essentielles. Je m'inquiétais d'ailleurs souvent de leur prodigalité qui me paraissait excessive, tant les parents ou les amis, autour de moi, vivaient difficilement. Pourtant, nous étions loin de vivre dans le luxe — je ne l'ai compris que plus tard — mais je n'ai jamais manqué de rien qui soit indispensable au bonheur, sans doute parce que nous ne parlions jamais d'argent avec eux et plus probablement parce que je savais d'instinct que l'essentiel était ailleurs.

Même les dépenses de la maison qui montait, montait, n'amputèrent pas les séances de cinéma et n'empêchèrent pas l'achat des patins à roulettes, l'année où la mode en fit fureur dans le village, en 1954 ou 55. Je crois surtout que les tentations, pour les enfants, étaient moins nombreuses qu'aujourd'hui (où les parents font preuve d'une surenchère qui habitue leurs têtes blondes à un train de vie dont la perte, un jour, risque de les rendre très malheureux), et que rien n'est plus enrichissant que l'espace et la liberté. De cela je suis certain, comme je suis certain que voir travailler tout un peuple d'artisans autour de moi m'a donné le goût et la passion du travail bien fait.

Les maçons partis, en effet, arrivèrent les charpentiers — et parmi eux mon grand-oncle Julien — qui préparèrent les poutres porteuses, les pannes et les chevrons avec beaucoup de soin. Tout fut disposé pour le jour de la levée qui serait jour de fête — un de plus. Les maçons étaient revenus pour cimenter les poutres dans les murs. Un grand bouquet de fleurs avait été fixé sur le faîtage. Les hommes se mirent à tirer sur des cordes et la charpente s'éleva comme par miracle devant mes yeux ébahis. Tout le village se trouvait là. Il était six heures du soir. Les charpentiers, fiers de leur travail, ne se décidaient pas à redescendre. Ils y consentirent enfin quand ils eurent tout vérifié, tout arrimé, et la fête commença dans la grande salle à manger de notre ancienne maison.

Heureux temps, qu'un bouquet de fleurs sur une poutre de chêne ou de châtaignier suffisait à illuminer! Mais que célébrait-on vraiment à ce moment-là? Le travail mené à bien, simplement, et la joie de ce travail-là, partagée par tous ceux qui en vivaient. Qui travaille de ses mains aujourd'hui? Plus personne, ou les quelques artisans qui habitent encore les villages et se désespèrent de voir leurs enfants partir à la ville, bardés de diplômes qui ne leur servent plus à rien. J'en connais qui furent fiers de pouvoir envoyer leur fils et leur fille à l'université et qui pleurent aujourd'hui de les voir inutiles. Ils m'interrogent sur ce drame dont personne ne mesure l'ampleur, me demandent ce qu'il faut faire.

— Qu'ils vous succèdent, dis-je.

— Ils ne veulent pas.

Je n'ose leur expliquer qu'on est passé en quelques années de la civilisation de la sagesse à la civilisation de l'excès. Que les machines font désormais le travail des hommes. Qu'après les avoir aidés, elles les dominent, les réduisent en esclavage ou les rejettent sur le bord d'une route dont personne ne sait plus où elle nous mène. Comment comprendraient-ils qu'aujourd'hui on a rendu honteux le travail manuel, qu'on est entré dans le siècle des images virtuelles, qui rendent plus vraie que la vie une vie qui n'existe pas?

Je me tais. Comme mon oncle et mon grand-père, ces derniers artisans regardent éperdument leurs mains ouvertes devant eux, et je redoute leur regard quand ils relèvent la tête. J'en ai rencontré un il y a peu de temps dans un hameau voisin de Murat, sur le causse de Martel. Un homme qui a travaillé de ses mains toute sa vie jusqu'à soixante-dix ans.

— Comment allez-vous? ai-je demandé.

— Oh! moi, maintenant, a-t-il répondu, j'ai fait ma vie. Et si je m'inquiète, ce n'est plus pour moi, c'est pour le village.

— Et pourquoi?

— Ils sont tous partis.

— Qui ça?

— Les enfants. Ils ne reviennent même plus. Aucun n'a voulu prendre la suite. Ils préfèrent travailler dans un bureau, tranquilles, sans avoir à supporter le froid de l'hiver ou la canicule de l'été.

Ses yeux brillants m'ont fait penser à ceux qui regardaient monter le bouquet au faîte des charpentes, mais je me suis dit avec un certain effarement que même les larmes ont changé avec le temps : ce ne sont plus des larmes de joie, qu'on voit couler dans nos campagnes, mais des larmes de rage et de désespoir...

Je me garde pourtant d'oublier que le ciel, lui, si bleu, si bleu, veille toujours sur ce monde, même si les hommes, là-haut, sur ces terres qui meurent, n'osent plus lever la tête vers lui. Je me garde également d'oublier que les mêmes remettent en état les vieux fours à pain communaux et qu'à l'occasion d'une petite fête qui les rassemble tous ils pétrissent la pâte, chauffent le four, cuisent un pain délicieux qu'ils mangent côte à côte sur des tables à tréteaux, retrouvant dans les difficultés d'aujourd'hui les sources d'une civilisation qui, je le crois, je l'espère, ne disparaîtra jamais.

Précisions

Ainsi s'achève la récapitulation de mes trésors d'enfance. Peut-être pensera-t-on qu'en réalité tout n'était pas si rose, à cette époque-là, et que la vie n'était pas aussi belle que j'ai bien voulu l'écrire dans ces lignes. Mais le merveilleux étant la nourriture céleste de l'enfance, quoi de plus naturel que mes souvenirs en soient imprégnés ? D'ailleurs, je suis ainsi fait : ma mémoire sélectionne — et peut-être enjolive — ce que je vis de meilleur et occulte le reste.

Quoi qu'il en soit, je demeure persuadé que les années qui ont suivi la Deuxième Guerre mondiale ont été des années plus heureuses que d'autres. Ne possédant presque rien, les gens, surtout dans les campagnes, se contentaient de peu. Après la peur et l'horreur qui avaient duré cinq ans, il y avait dans l'air un besoin de bonheur immédiat, simple et naturel, une envie de se sentir vivant et d'aimer la vie. Hélas, cette atmosphère s'est dégradée au fil des ans, une fois « l'abondance revenue », parce que en effet, comme l'a si bien dit Robert Sabatier, « c'est le superflu qui nous dépouille ».

Pourtant, je ne voudrais pas que l'on pense que je me complais dans la nostalgie, que je demeure prisonnier de mes souvenirs comme les hommes que l'âge interroge. Chaque fois que je me rends dans les écoles, je ne cesse de dire aux enfants que le meilleur de la vie est toujours à venir. Mais je suis persuadé que c'est sur les trésors du passé que se bâtit la richesse — spirituelle : la seule qui importe — de notre avenir, de la même manière que, pour pousser haut, les hommes, comme les arbres, ont besoin de racines profondes et vigoureuses.

Malheureusement, l'exode provoqué par la révolution industrielle achève aujourd'hui de vider les villages, et un espace de liberté disparaît tandis que les grandes métropoles étouffent sous la surpopulation qui entraîne tant de violence et de délinquance. Cela, parce que l'humanité, pour des raisons essentiellement mercantiles et sous couleur de progrès — incontestable au début mais qu'en est-il aujourd'hui ? — a rompu ses liens avec la nature et a délaissé un monde vivant, sensible, naturel, pour un monde artificiel de béton, de combat et d'indifférence. Pourtant, c'est à lui, intimement, que nous sommes liés et c'est vers lui que nous devrions plus souvent nous tourner, pour trouver les réponses aux questions qui se posent dans nos existences d'arbres déracinés, dont les feuilles continuent doucement de frissonner au vent.

Je crois, pour ma part, que les vrais grands hommes de demain seront ceux qui, comme l'écrit si bien Jean Carrière, sauront « faire la différence entre ce qui est et ce qui pourrait ne pas être ». Autrement dit : ceux qui sauront faire la différence entre le brin d'herbe qui pousse entre les pierres avec cette force qui nous a fait surgir du néant et les agitations ultramédiatisées de cette fin de siècle. Ceux qui refuseront qu'on subventionne les derniers paysans pour qu'ils ne produisent pas, alors que des millions d'enfants meurent de faim dans le monde. Ceux qui considéreront tous les êtres vivants comme de précieux compagnons dans l'aventure unique de la vie qui est commune à tous. Ceux qui sauront retrouver les vraies richesses, à commencer par notre alliance avec le monde sensible, et retourner la tendance suicidaire et tragique qui consiste à aller s'agglutiner comme des mouches dans des appartements où l'on ne voit jamais le soleil. Ceux qui espéreront quand même, malgré tout, en l'avenir, car la vérité d'aujourd'hui n'est pas la vérité de demain et la relativité des choses nous enseigne que « de mémoire de rose on n'a jamais vu mourir un jardinier ».

Je crois également que le meilleur moyen de connaître notre vraie nature, de deviner le sens caché de l'univers, celui dans lequel on peut percevoir le passé, le présent et l'avenir, c'est l'émotion. Tout au fond de notre mémoire, là où se trouve notre capacité à ressentir, il y a le départ d'un chemin grâce auquel nous pouvons échapper à l'espace et au temps, et rencontrer ainsi notre « vrai moi ». Là, sans doute, s'étendent les fameux confins dont parle Julien Gracq, ces territoires de l'âme qui sont frontaliers avec l'autre monde. Mais pour y parvenir, il faut se débarrasser de l'épaisse poussière qui s'est déposée sur nos yeux depuis que nous avons vu le jour, et qui

nous fait ressembler à de pauvres phalènes attirées par de fausses lumières.

Quant à moi, j'ai la conviction que c'est la part
d'enfance que nous aurons été capables de pré-
server tout au long de nos existences étroites et
souvent dérisoires qui nous sauvera, le jour où
nous serons délivrés des misères du temps.